# Sie sind nichts wert

## Gran-Canaria-Trilogie

von Drea Summer

AF175323

dreasummerautor@gmail.com
Facebook: Autorindrea
Instagram: dreasummer1978
www.dreasummer.com

1

2. Auflage, 2021
© Alle Rechte vorbehalten.
Herstellung und Verlag: BOD – Books on
Demand, Norderstedt

ISBN:9783752847529

Lektorat/Korrektorat: Lektorat TextFlow by
Sascha Rimpl
Covergestaltung © Traumstoff Buchdesign
Covermotiv © RossHelen, shutterstock.com

# Sie sind nichts wert

## Gran-Canaria-Thriller Band 1

### WO IST KATHARINA?

Katharina möchte mit ihrer besten Freundin einen entspannten Urlaub auf Gran Canaria verbringen. Bei einem Ausflug in die Berge mit zwei jungen Männern verschwindet sie spurlos. Inspektor Carlos Muñoz Díaz, leitender Beamter vor Ort, erhält durch ein Ermittlerteam aus Deutschland Unterstützung. Doch bereits kurz darauf überschlagen sich die Ereignisse: Katharinas Freunde verstricken sich in Widersprüche, eine düstere Spur führt bis zurück in die Kindertage der jungen Frau, und an den Dünenstränden von Maspalomas findet man eine weibliche Leiche.

„Sie sind nichts wert" ist der erste Teil der Thrillertrilogie.

Bibliografische Information der Deutschen Nationalbibliothek. Die Deutsche Nationalbibliothek verzeichnet diese Publikation in der Deutschen Nationalbibliografie; detaillierte bibliografische Daten sind im Internet über http://dnb.dnb.de abrufbar.

© 2018, Drea Summer

Herstellung und Verlag:
BoD – Books on Demand, Norderstedt

ISBN: 9783751932868

# 1

»Kommst du, Kathi? Ich will heute noch los!«

Katharina Pfeiffer drehte sich auf die Seite und legte ihr Handy auf das Kissen. Ihre Freundin Yasmin Becker stand am Fußende des Bettes, ihren Rucksack auf dem Rücken, und stemmte die Hände in die Hüften. Katharina warf Yasmin einen genervten Blick zu, den diese mit einer Grimasse erwiderte.

»Yasi, wenn du nicht aufpasst, dann bleibt dein Gesicht so stehen. Glaubst du, dass David dich dann noch immer toll findet?« Lachend rollte Katharina sich aus dem Bett und band ihre blonden Haare zu einem Pferdeschwanz zusammen. Während sie ihre Sportschuhe anzog, piepte ihr Handy und zeigte eine neue WhatsApp-Message an. Sofort ließ sie sich wieder ins Bett fallen und las die Nachricht.

»Dein Verhalten ist kindisch«, sagte Yasmin. »Du bist neunzehn und keine vierzehn mehr.«

»›Kindisch‹ sagt mir diejenige, die heute mit ihren Zöpfen aussieht wie Pippi Langstrumpf«, meinte Katharina und tippte fleißig auf ihrem Handy herum. »Das ist Jan. Die Jungs sind

5

gleich da.«

»Dann mach hin, damit wir endlich loskönnen.«

Katharina steckte ihr Handy in Yasmins Rucksack. Gemeinsam verließen sie das Ferienapartment.

Dieser Urlaub war ein Geschenk von Katharinas und Yasmins Eltern, für die guten Abi-Noten und um neue Kraft zu tanken für die Uni, die im September begann.

»Kathi, was ist heute los mit dir?«, fragte Yasmin. »Warum trödelst du denn so?«

Katharina stand vor dem Pool der Bungalowanlage. Sehnsüchtig schaute sie hinunter zu den Dünen von Maspalomas. Gerne wäre sie zum Strand gefahren. Jan im Meer zu küssen, war gestern das Schönste gewesen, was sie jemals erlebt hatte.

Yasmin zog Katharina am Unterarm in Richtung Ausgang, und Katharina folgte ihr.

»Oh, sieh dir David an«, schwärmte Yasmin und zeigte auf den einen der beiden Jungs, die hinter dem verschlossenen Tor standen. »Heute hat er ein enges Shirt an. Wow! Schau dir seine Muskeln an.«

»Ich krieg gleich das Kotzen«, sagte Katharina und verdrehte ihre Augen. »Wir kennen die Jungs ja erst seit gestern, und du

6

bist schon über beide Ohren in David verschossen.«

»Und deinen Jan findest du nicht toll?«, sagte Yasmin. »Willst du mir das weismachen?« Sie winkte den Jungs zu. »Lass uns den Tag mit ihnen genießen. Sei doch nicht immer so eine Spießerin.« Yasmin betätigte den Schalter, der das Tor öffnete, und Sekunden später lag sie in Davids Armen.

Er begrüßte Yasmin mit: »Na, Gartenzwerg? Geht es dir gut?« Dann küsste er sie innig.

Jan kam auf Katharina zu, beugte sich leicht zu ihr herunter und gab ihr einen flüchtigen Kuss auf die Wange. Er berührte ihre Schulter mit seiner Hand, aber Katharinas Körper forderte mehr. Ihre Gedanken kreisten um den gestrigen Nachmittag. Anstatt in die Offensive zu gehen und ihren Gefühlen freien Lauf zu lassen, trat sie einen Schritt zurück. Sie senkte den Kopf, zupfte an ihrem T-Shirt herum und versuchte, die kleinen Pölsterchen an ihrem Bauch zu verstecken.

Yasmin befreite sich aus Davids Umarmung und sagte protestierend: »Ich bin kein Gartenzwerg. Ich bin eins dreiundfünfzig. Genauer gesagt, eins dreiundfünfzig Komma sieben. Kennst du einen Gartenzwerg, der so groß ist? Ich nicht!« Sie stemmte ihre Hände in die Hüften und warf David einen bösen Blick zu.

David lachte herzhaft los, zog sie zu sich und besänftigte sie mit einem langen Kuss.

Katharina schmunzelte. *Das ist wieder typisch Yasmin. Sie zieht immer die ganze Aufmerksamkeit auf sich.*

»So, Mädels. Auf geht's nach Artenara. Ihr werdet sehen, das wird toll. Wir fahren mit unserem Auto, okay?« Trotz seines englischen Akzentes sprach Jan gut Deutsch.

»Wir sitzen hinten«, sagte David, der sich für Millisekunden von Yasmins Lippen trennte.

Katharina seufzte. Sie würde so gerne auf der Rückbank das weiterführen, was gestern seinen Anfang genommen hatte. Sehnsüchtig starrte sie auf die hintere Autotür.

Alle vier stiegen in den Mietwagen ein. Jan steckte den Schlüssel in das Zündschloss und legte Katharina einen ausgebreiteten Plan von Gran Canaria auf ihre Oberschenkel. Ungläubig, in Zeiten von Google Maps noch Papierpläne zu verwenden, starrte sie darauf.

»Dort ist unser Ziel«, sagte Jan und zeigte auf einen kleinen Punkt auf der linken Seite der Karte. »Und hier sind wir jetzt. Wir nehmen die GC 60, die ist hier orange eingezeichnet mit roter Linie an der Außenseite, weil sie eine der wichtigsten Landstraßen auf Gran Canaria ist.

8

Dann müssen wir Richtung Cruz de Tejeda. Kurz davor biegen wir auf die GC 210 Richtung Artenara ab.« Er fuhr mit dem Finger die Straßen auf dem Plan entlang, um ihr den Weg zu veranschaulichen. Durch das dünne Papier der Landkarte durchfuhr sie ein Schauer, der sich als Gänsehaut bemerkbar machte.

»Ist dir kalt, Kathi?« Jan stellte die Klimaanlage aus.

»Nein, nein. Alles gut … es ist nur …« Ihre Gesichtsfarbe änderte sich von einem zarten Rosa zu einem kräftigen Rot. »Ja, mir ist kalt.«

Jan hatte seinen Blick auf die Straße gerichtet und fuhr los. Katharina hoffte, dass er ihren spontanen Farbwechsel nicht mitbekommen hatte, und schwieg.

»Yasi, hast du die Röhrchen mit für die Gesteinsproben?«, fragte sie kurze Zeit später und wandte sich nach hinten. Yasmin gab ihr keine Antwort. Katharina sah zwei Körper, die ineinander verschlungen die Welt um sich herum vergessen hatten.

»Welche Gesteinsproben denn?«, fragte Jan, nachdem sich Katharina wieder nach vorne gedreht hatte. »Was habt ihr beide denn vor?«

»Ich habe dir doch gestern erzählt, dass wir nach dem Sommer auf die Uni gehen und unseren Bachelor of Science machen. Die Uni in Mainz hat uns beide aufgenommen.«

»Sorry, Süße.« Er nahm seine Hand vom Lenkrad und legte sie auf ihre Hand. »Ich kenne mich mit diesen Fachbegriffen nicht aus. Ich habe Maurer gelernt und bin nicht so klug wie du.«

»Wir werden Geowissenschaften studieren. Also alles was mit der Erde zu tun hat. Geologie, Mineralogie, Bodenkunde und so weiter. So im Groben gesagt. Und unsere Röhrchen brauchen wir, damit wir von den Felsen Proben entnehmen können, um diese zu Hause zu untersuchen. Verstehst du, was ich meine?«

Er nickte, obwohl sie nicht das Gefühl hatte, dass er ihr zugehört hatte. In diesem Moment war für sie nur eines wichtig: Seine Hand ruhte weiter auf ihrer Hand.

Als sie sich dem Basaltfelsen des Roque Nublo, dem Wahrzeichen der Insel, näherten, veränderte sich die Vegetation. Anfangs zeigten sich nur vereinzelt ein paar grüne Flecken. Kakteen und diese dickblättrigen, verholzten Pflanzen, an denen fliederartige, leuchtende Blumen wuchsen, waren im Süden keine Seltenheit. Sie fuhren an einer Ortstafel vorbei, auf der »Fataga« stand. Erst vor ein paar Tagen hatte Katharina in einem Reiseführer gelesen, dass sich dieses Dorf im sogenannten *Tal der tausend Palmen* befand. Es lag mitten in einer Felsschlucht, umgeben von Palmen, so weit das Auge reichte.

Je tiefer sie ins Inselinnere vordrangen und umso höher hinauf die enge Straße sie führte, desto mehr Lorbeer- und Kiefernwälder drängten sich am Straßenrand entlang. Schattige Olivenbäume luden Katharinas Fantasie ein, dort eine Pause zu machen, um in Ruhe die Bergwelt zu genießen.

Sie öffnete ihr Fenster und stellte fest, dass sich nicht nur die Vegetation, sondern auch die Temperatur verändert hatte. Aus den warmen sechsundzwanzig Grad im Süden zu Beginn der Reise waren binnen einer knappen Stunde nur mehr kühle achtzehn Grad geworden. Fasziniert ließ sie ihren Blick über schwarz glänzende Lavafelder und grüne Täler gleiten.

Nach eineinhalb Stunden schweigsamer Fahrt kamen die vier an ihrem Ziel in Artenara an.

Eine kalte Brise wehte über den Parkplatz. David schloss Yasmin wärmend in seine Arme. Katharina holte ihre Fleecejacke aus dem Rucksack, obwohl sie die Körperwärme von Jan vorgezogen hätte, denn die Jacke ließ den kalten Wind bis auf ihre Haut durch.

Katharina und Jan marschierten voraus in Richtung der berühmten Kapelle namens Eremita de la Virgen de la Cuevita, die etwas entfernt von Artenara lag und über einen schmalen Weg erreichbar war.

»Wusstest du, dass diese Kapelle der Höhlenjungfrau gewidmet ist?«, fragte Katharina Jan, um mit ihm ins Gespräch zu kommen. »Sie ist die Schutzpatronin der Studenten, Folkloregruppen und Radfahrer.«

»Nein«, entgegnete Jan.

Trotz seiner knappen Antwort plapperte Katharina munter drauflos: »Stell dir vor, die Kapelle ist teilweise in den Felsen gemeißelt worden. Und das noch dazu in einen Steilhang. Das muss eine Wahnsinnsarbeit gewesen sein. Glaubst du nicht?«

»Ja.«

Katharina sah zu Jan, der teilnahmslos neben ihr hertrottete. Sein Blick war auf den Boden gerichtet.

*Schweig jetzt, Katharina*, ermahnte sie sich.

Dieser Vorsatz hielt nicht lange an, und so berichtete sie Minuten später, wo sie nach der Kapelle hinwollte. »Das Museum muss ich unbedingt sehen ... das Museo Ethno ... warte mal«, sagte sie, kramte in ihrer Hosentasche, förderte ein leicht zerknülltes Papier zutage

12

und las vor, was darauf stand. »Museo Ethno Gráfico Casas Cuevas de Artenara. Dort gibt es eine Ausstellung über das Leben in diesen Höhlenwohnungen, die es hier überall gibt.«

»Das Museum ist dort«, sagte David und zeigte auf einen Pfad, der direkt vom Hauptplatz des Ortes abging. Der hölzerne Wegweiser war im Laufe der Zeit verwittert, die Schrift darauf dennoch erkennbar.

»Lasst uns gleich in das Museum gehen. Und erst danach in die Kirche. Was haltet ihr davon?« Jan schaute in die Runde.

David nickte und bog mit Yasmin in den Weg ein. Jan und Katharina schlenderten hinter ihnen her. Die ineinander verschlungenen Hände ihrer Freundin mit denen des Jungen fesselten Katharinas Blick.

»Aseos« stand auf einem Holzschild in Form eines Pfeiles und erinnerte sie daran, dass ihre Blase bereits auf der Fahrt mächtig gedrückt hatte.

»Geht ihr bitte vor. Ich komme gleich nach!«, rief sie den anderen zu und folgte dem Trampelpfad zur Toilette, der hinter das Museum führte.

Sie hörte Yasmin kichern.

*Ich will auch einen Jungen, der mich zum Lachen bringt.*

13

Ein Rascheln in der Nähe zog ihre Aufmerksamkeit auf sich. Sie blieb stehen und drehte sich um, in der Hoffnung, dass Jan ihr hinterhergegangen war, um mit ihr allein sein zu können. Doch da war niemand. Nur der Wind, der die Blätter der Olivenbäume in Bewegung brachte. Enttäuscht ging sie weiter.

Die Tür zum Toilettenraum war angelehnt. Sie öffnete sie, trat einen Schritt in die Finsternis des Raumes und tastete nach dem Lichtschalter. Jemand stieß sie grob zur Seite, dann wurde ihr von hinten ein nasses Tuch auf Mund und Nase gedrückt.

»Hilfe!«, schrie sie, so laut sie konnte. Doch das Tuch dämpfte ihre Schreie.

Sie ballte ihre Hände zu Fäusten und schlug um sich. Ihr Angreifer war stärker und riss sie zu Boden. Auf dem Rücken liegend strampelte sie mit den Beinen und trat nach dem Fremden. Ihre Kräfte schwanden, je mehr sie sich wehrte.

Sie kämpfte nicht nur gegen ihn, sondern auch gegen ihren Körper, der schwerer und schwerer wurde. Sie hatte Mühe, ihre Augen offen zu halten.

# 2

Die grauen Umrandungssteine, die teilweise durch das dürre Unkraut hervorblitzten, ließen erahnen, dass es hier einst einen Garten gegeben hatte. Dieser Ort auf der rechten Seite der Finca fesselte Mateos Blick und versetzte ihn schlagartig zurück in seine Kindheit. Zurück in die Vergangenheit, als seine Mama noch gelebt hatte.

*Hier war ihr Lieblingsplatz. Der Gemüsegarten. Ich war sechs oder sieben und habe ihr beim Unkrautjäten geholfen. Sie hat so herzhaft gelacht, als ich die jungen Tomatenpflanzen für Unkraut hielt und sie aus dem Beet gerupft habe.*

Sein Vater kam aus dem Haus und stellte sich auf die Terrasse. Kein Wort der Begrüßung kam über seine Lippen. Francos Schultern waren in gleicher Höhe, sein Körper ausbalanciert. Er streckte die Brust vor und hielt seinen Kopf kerzengerade. Hochnäsig blickte er auf Mateo herab, der vor den drei Stufen stand, die auf die Terrasse führten.

»Da ist dein Werkzeug«, sagte Franco Álvaro und deutete auf die Sense, die an der Hausecke lehnte.

Mateo nickte, zog sein T-Shirt aus, griff sich die Sense und fing an zu arbeiten. Sein Vater setzte sich auf den Schaukelstuhl, der auf der Terrasse stand, und überwachte Mateo mit Argusaugen. Seinen verschlissenen Strohhut hatte er ins Gesicht gezogen, damit ihn die hoch stehende Mittagssonne nicht blendete. Franco beobachtete Mateo, dem mit jedem Hieb der Sense mehr Schweißperlen von der Stirn tropften.

»Padre[1], ich habe die Frau gefunden, die mir ein Baby schenkt«, sprach Mateo und holte wieder mit der Sense aus. »Du wirst stolz auf mich sein.«

»Bis jetzt habe ich noch kein Ergebnis von dir gesehen. Du weißt, was ich von dir erwarte.«

»Sí[2], Vater. Das weiß ich.« Mateo stellte sich aufrecht hin, hielt sich mit seiner freien Hand den schmerzenden Rücken und stützte sich mit der anderen auf der Sense auf.

»¿Qué pasa?[3] Wieso hörst du Nichtsnutz auf zu arbeiten? Als ich in deinem Alter war, habe ich stundenlang durchgearbeitet.« Franco

1    Vater
2    Ja
3    Was ist los?

16

stand auf und stellte sich an die Brüstung der Terrasse. Er umfasste das Geländer so fest, dass die Muskeln an seinen Oberarmen hervortraten. Seine Gesichtszüge verhärteten sich. Der Unterkiefer war kantig wie ein Felsbrocken.

Mateo sah seinen Vater an, griff mit der zweiten Hand zur Sense und arbeitete weiter.

Franco beobachtete ihn minutenlang, setzte sich dann wieder in den Schaukelstuhl und zog seinen Strohhut ein wenig mehr ins Gesicht.

Mateos Blick schweifte über das Unkraut hinweg hinunter ins Tal, wo wieder ein Ferienflieger auf dem Flughafen landete.

*Nur einmal in ein Flugzeug einsteigen, an irgendeinen Ort der Welt fliegen, mit meiner Liebsten an der einen und meinem Sohn an der anderen Hand.*

Durch seine abschweifenden Gedanken verlangsamte sich sein Arbeitstempo, was von seinem Vater nicht unbemerkt blieb.

Mateo hörte kein Knarren mehr von dem wippenden Schaukelstuhl. Das alarmierte all seine Sinne. Ungeachtet der Entfernung der beiden zueinander und obwohl Mateo seinem Vater den Rücken zugedreht hatte, verfehlte der durchdringende Blick seine Wirkung nicht.

Sofort machte er sich wieder an die Arbeit.

Trotz Francos fortgeschrittenen Alters war er ein Mann, der einen allein durch seinen imposanten Körper einschüchterte. Mateo erinnerte sich dunkel daran, wie sein Vater in Uniform ausgesehen hatte. Damals war er noch bei der Polizei gewesen. Heute war er in Pension. Die Blicke, die er Mateo zuwarf, hatten die gleiche Wirkung wie damals in Mateos Kindheit.

Knapp die Hälfte des Gartens hatte er geschafft, doch die schweißtreibende Arbeit hinterließ Spuren. Sein Mund war trocken, und vor seinen Augen flimmerte es. Die Kopfschmerzen setzten ein. Obwohl sein Körper sich nach einer Pause und etwas zu trinken sehnte, arbeitete er im gleichen Tempo weiter.

Franco stellte sich neben Mateo mit einem Glas Wasser in der Hand und trank es in einem Zug aus. Mateo fragte nicht nach Wasser. Die Worte seines Vaters schallten noch aus Kinderzeiten in seinen Ohren.

»Du musst dir dein Essen und dein Trinken in meinem Haus verdienen. Du bekommst von mir nichts geschenkt.« Das hatte Franco jedes Mal zu Mateo gesagt, wenn dieser ihn um etwas gebeten hatte.

18

Mateo war in der Ecke des Gartens angelangt, wo seine Mutter damals, vor mehr als zwölf Jahren, ihre Blumen gepflanzt hatte. *Lugar de las flores del amor,* Ort der Blumen der Liebe – die Stelle in ihrem Garten, an der sie am besten gediehen. Unter dem Unkraut entdeckte Mateo einen grünen Stängel mit einer kleinen violetten Blüte daran. Er ging in die Hocke und grub die Blume mit seinen Fingern aus, sodass er sie mit der Wurzel aus der festen Erde herausnehmen konnte.

*Ach, Mama, wie sehr ich dich vermisse,* dachte Mateo, bevor sein Rücken brannte wie Feuer. Sein Vater stand keinen Meter von ihm entfernt und holte das zweite Mal mit seinem Ledergürtel aus, der Sekunden später erneut auf Mateos Rücken peitschte.

»Du Faulenzer! Jetzt arbeitest du schon wieder nicht! Nicht einmal das kannst du!« Franco schrie und ließ den nächsten Hieb auf Mateos Rücken niederschnellen.

Mateo zuckte zusammen, das Brennen verstärkte sich. Er biss seine Zähne zusammen. Kein Laut kam über seine Lippen.

»Ein Vater sollte stolz auf seinen Sohn sein. Aber auf dich kann ich nicht stolz sein. Du bist ein Nichtsnutz, ein Niemand! Mit deinen zwanzig Jahren hast du nichts, aber auch gar nichts auf die Beine gestellt.«

Und wieder knallte der Gürtel auf Mateos Rücken. Diesmal so heftig, dass Mateos Knie unter den Schmerzen nachgaben und er zu Boden ging. Tränen rannen ihm über das Gesicht. Seine Kopfschmerzen verwandelten sich in pulsierende Messerstiche.

Die kleine Pflanze rutschte ihm aus der Hand, landete auf dem Boden und die Blüte knickte ab. Francos schwerer Stiefel zermalmte sie unter seiner Sohle, und damit auch die Hoffnung, dass sie je wieder erblühen würde. Die Blume erinnerte Mateo an seine Schwester Valeria.

Ein Hupen beendete die Schläge seines Vaters. Ein Auto fuhr den Steilhang herauf, der zur Finca führte. Hier auf Gran Canaria war es üblich zu hupen. Eine Glocke oder etwas, womit man seinen Besuch ankündigen konnte, fand man besonders bei einer Finca auf dem Land selten.

Sein Vater fädelte den Gürtel wieder in seine Hose ein und ging dem Auto entgegen, das die letzte Kurve vor dem Haus erreicht hatte.

Der Postbote parkte seinen Wagen neben Mateos und stieg aus.

»*Hola[4]*, Franco. Wie geht es dir? Ich bringe dir die Post vorbei. Ah, *hola,* Mateo.« Der Mann grüßte ihn aus der Ferne. »Dich habe ich schon lange nicht mehr gesehen.«

»*Buenas tardes[5], Pepé*«, murmelte Mateo, nahm die Sense in die Hand und vermied es, den beiden, die jetzt ein Pläuschchen einige Meter entfernt hielten, den Rücken zuzukehren. Mateo arbeitete ab diesem Zeitpunkt noch schneller, aber nicht um seinen Vater zu gefallen, sondern um schnellstmöglich hier wegzukommen.

Eine knappe halbe Stunde später war Mateo fertig mit der Arbeit und stellte die Sense wieder an ihren angestammten Platz zurück.

»*Padre,* ich fahre, *hasta luego[6]*«, rief er ins Haus hinein, in das sein Vater Minuten vorher verschwunden war.

»*Vale[7], hasta luego*«, tönte es in süßlicher, dunkler Stimmlage aus dem Inneren. »Komm mich mal wieder besuchen.«

Mateo durchfuhr es bei den Worten wie ein

---

4       Hallo
5       Guten Tag (wird verwendet nach der Mittagszeit und abends)
6       Bis später (wird auch als allgemeine Verabschiedung verwendet)
7       Okay

Blitz.

*Wie kommt Vater auf die Idee, genau diesen Satz zu sagen, den Mama immer gesagt hat, wenn Besuch das Haus verließ? Ist es seine Absicht, mich zu verletzen? Hat er das nicht schon zur Genüge getan?*

Er atmete tief ein, bevor er Franco antwortete.

»*Sí, Padre,* werde ich«, sagte er und fügte in seinem Geiste die Worte *nicht machen* hinzu. Erleichtert, endlich hier wegzukommen, stieg er in sein Auto ein und fuhr vom Parkplatz der Finca. Er brauchte dringend einen Rat, und es gab nur einen Ort, an dem er sich sicher und geborgen fühlte.

Den Umweg, den er deswegen fuhr, nahm er gerne in Kauf. Er liebte diesen Ort. Hier hatte er sich schon als kleiner Junge immer wohlgefühlt. Damals mit Mama war er oft hier gewesen. Vater war nie mitgekommen.

Auf dem Parkplatz vor der Kirche stellte er das Auto ab, stieg aus und stand Sekunden länger, als er es musste auf der obersten Stufe vor der Eingangstür. Obwohl die Kirche sich direkt am Marktplatz befand, war sie um diese Zeit menschenleer. Erst ab dem späten Nachmittag, wenn die Geschäfte wieder öffneten, füllten sich die engen Gassen mit Menschen. Der Anblick dieser alten, schweren Holztür gab ihm das Gefühl von Sicherheit. Zärtlich fuhr er mit seinem Zeigefinger über die goldenen, teilweise verblassten Verzierungen.

All seine Sorgen würden vergessen sein, sobald er diese Tür öffnete.

Sie knarrte. Sofort umhüllte eine angenehme Kühle seinen verschwitzten Körper.

Der Pfarrer, der die Kerzen vor dem Altar löschte, schaute zu Mateo auf, der ihn nickend beim Eintreten begrüßte. Mateo steuerte zielsicher das Wandbild der Himmelfahrt Jesu an, das die gesamte Rückwand der Kirche zierte. Er durchschritt den Mittelgang, vorbei an den dunklen Holzbänken, an deren Ende die Gewölbe mit prunkvollem hellbraunem Stein ummantelt waren. Der Übergang zur Decke strahlte in hellem Weiß. Die Decke selbst, die mit dunklen Holzquadraten die beiden Sitzreihen überspannte, verlieh der Kirche einen einzigartigen Charme. An ihr schimmerten Hunderte Sterne hell im Schein der Sonne, die durch das bemalte Fenster oberhalb des Wandbildes schien.

Mateo ging am Altar vorbei und stellte sich direkt unter Jesus, der auf dem Bild mehr als zwei Meter in der Höhe schwebte und von oben gnädig heruntersah, begleitet von zwei Engeln.

Andächtig blickte er Jesus an und fing in Gedanken mit ihm ein Gespräch an. Er erschrak, als der Pfarrer ihm sein T-Shirt hochheben wollte.

»*Hola, Mateo. ¿Qué pasa?* Was ist denn mit dir passiert? Wieso ist dein T-Shirt voller Blut?«

Mateo blockte mit seiner Hand den Pfarrer ab und zog das Shirt wieder herunter. »Es ist nichts. Nur ein paar Kratzer von den Ästen im Wald. Mir geht es gut.« Er drehte sich um und lächelte den Pfarrer an.

»Mein Sohn. Das schaut nicht nach ›nichts‹ aus. Lass mich deine Wunden ansehen. Ich helfe dir.« Der Pfarrer zog erneut das T-Shirt nach oben. Mateo ließ ihn gewähren. »Äste … *vale*. Wir gehen in die Sakristei. Ich reinige deine Wunden. Du kannst mit mir über alles sprechen, mein Sohn.«

Mateo willigte ein und folgte dem Pfarrer in den Nebenraum. Er setzte sich auf den einzigen Stuhl, der vor einem Tisch stand. Der Pfarrer kramte in der Kommode nach dem nötigen Verbandsmaterial und begann gleich darauf mit der Wundversorgung.

»Mateo? Wie ist das passiert? Wer hat dir das

angetan?«

»¿*Señor pastor*[8]? Glauben Sie, dass Gott mir helfen wird?«

»*Por supuesto*[9]. Gott hilft dir, mein Sohn. Du wirst sehen, er wird dir einen Engel schicken.«

Vorsichtig tupfte der Pfarrer mit einer Desinfektionslösung die blutenden Striemen ab. Leises Zischen drang über Mateos Lippen.

8     Herr Pfarrer
9     Selbstverständlich

# 3

Yasmin kicherte, als sie sich mit David im Innenhof des Museums auf einer der wenigen Bänke niederließ. Sie lauschte dem Gesang der Vögel und sah nach oben in den wolkenlosen Himmel. Wieder kamen Davids Lippen auf ihre zu und küssten sie fordernd. Auch seine Hände gingen auf Wanderschaft. Erst als Jan ebenfalls den Innenhof betrat, stoppte Yasmin Davids Annäherungen, schaute Jan an und fragte: »Wo ist denn Kathi?«

»Auf dem Klo, denke ich. Hat wohl ein längeres Geschäft zu verrichten. Sie kommt sicher gleich.« Ein schelmisches Grinsen folgte, und kleine Lachfältchen zogen sich um seine Mundwinkel. »Sehen wir uns nun das Museum an, oder seid ihr beiden nur zum Küssen hier?«

»Ich gehe mal nachsehen, wo Kathi bleibt«, sagte Yasmin. »Kein Mensch ist so lange auf dem Klo. Das ist sicher schon zehn Minuten her.« Sie löste sich aus Davids Armen, stand auf und verließ den Hof.

Der kleine Trampelpfad, der zum Toilettenraum führte, war menschenleer. Yasmin öffnete nach wenigen Schritten die Tür.

Im ersten Moment erkannte sie nur schemenhafte Umrisse und suchte tastend an der Wand nach einem Lichtschalter. Sekunden später flackerte das Neonlicht, bevor es den Raum erhellte. Yasmin erschrak.

Der Raum mit dem Waschbecken war leer, die Tür zur Toilette stand offen. Auf dem Boden lag eine Fleecejacke. Yasmin rannte darauf zu, als würde ihr Leben davon abhängen, und hob sie auf.

»Die gehört Kathi.« Sie drückte die Jacke ganz fest an ihren Körper. »Kathi?«, murmelte sie mit einem Zittern in der Stimme.

Sie durchsuchte die beiden Räume, drehte sich um und schritt wieder hinaus ins Freie.

»Kathi?«, rief sie und schaute sich nach allen Richtungen um. »KATHI!«

Keine Antwort.

Keine Katharina.

Die beiden Jungs rannten auf sie zu. Yasmin zitterte am ganzen Körper.

»Was ist denn los? Wieso schreist du denn so?«, fragte David und schloss sie in seine Arme.

»Kathi ... Kathi«, stammelte Yasmin. Die ersten Tränen rannen ihr über die Wangen und sie vergrub ihr Gesicht an Davids Brust.

»Hier ist sie nicht«, sagte Jan, nachdem auch

27

er sich versichert hatte, dass die Toilette leer war. »Kathi, was soll der Scheiß?«, rief er.

Die Blätter der Olivenbäume raschelten, als würden sie auf Jans Rufe antworten.

»Sie ... sie ... sie ist weg!«, schluchzte Yasmin in Davids T-Shirt. Er streichelte ihr tröstend über den Rücken.

»Sie kann nicht einfach weg sein«, sagte Jan. »Sie erlaubt sich sicher einen Scherz mit uns. Du wirst sehen, sie ist gleich wieder da. Ich schaue mich in der näheren Umgebung um.« Er ließ die beiden allein und ging davon.

Als er nach ein paar Minuten wiederkam, sah ihn Yasmin hoffnungsvoll an. Jan senkte seinen Blick Richtung Boden und schüttelte den Kopf. Yasmin lehnte an Davids Brust und weinte bitterlich.

»Was machen wir jetzt bloß?«, flüsterte David Jan zu, der versuchte, Yasmin zu beruhigen, indem er über ihre Haare strich.

»Wir müssen uns aufteilen«, sagte Jan. »Einer geht zurück zum Auto, einer in das Museum und einer geht den Weg hier entlang.« Er zeigte auf den steinigen Pfad, der zu den Höhlenwohnungen führte, die sich oberhalb des Museums befanden.

David nickte zustimmend und drängte Yasmin sanft von seinem Körper weg. »Yasi, du gehst zurück ins Museum und schaust dich dort um. Du bleibst dort, bis wir wiederkommen, ja? Du gehst nirgendwo anders hin. Nicht dass wir dich auch noch verlieren.« Dann sagte er zu Jan: »Ich gehe zum Auto, und du nimmst dir den Weg vor.«

Yasmin schaute beiden hinterher, wie sie sich von ihr entfernten, und wieder brach sie in Tränen aus. Sie stand wie festgewurzelt da, ein paar Schritte entfernt von der Toilette. Ihr Geist war bereit, Katharina zu suchen, aber ihr Körper war wie gelähmt.

»Reiß dich zusammen, Yasi«, murmelte sie, atmete tief durch und zwang ihre Füße, sich vom Untergrund zu lösen. Sie schlurfte dem Eingang des Museums entgegen, und immer wieder blieb sie stehen und schaute sich um. Aber mit jedem Schritt, den sie machte, und mit jedem Blick, den sie schweifen ließ, schwanden ihre Hoffnungen, Katharina zu finden, und die Angst verstärkte sich.

Wieder im Museum angekommen durchsuchte sie jeden Raum mehrmals. »Katharina, das ist nicht lustig. Ich mach mir Sorgen.«

Gedankenverloren blickte sie auf die Bank im Innenhof, auf der sie und David sich Minuten zuvor noch geküsst hatten und er ihr seine

Liebe geschworen hatte. Dieser Hof hatte seine romantische Wirkung auf sie mit einem Schlag verloren.

Sie sah alles grau in grau.

Ihre Beine gaben nach, und sie sackte neben der kleinen Säule, die im Innenhof den Vorbau hielt, zusammen. Laut schluchzend versank ihr Gesicht zwischen ihren Knien, die sie dicht an den Körper herangezogen hatte.

Schritte, die sich näherten, weckten wieder Hoffnung in ihr. Sie blickte auf und sah durch einen Tränenvorhang in zwei dunkelbraune Augen. Der dicke Mann, der vor ihr stand, schaute sie mit besorgtem Blick an.

»¿Qué pasa, Señora?«, fragte er und kam einen Schritt auf sie zu.

»Ich verstehe nicht«, stammelte Yasmin und verschränkte die Arme vor der Brust.

»Warum sitzen Sie denn hier auf dem Boden und weinen?«, antwortete der Fremde in gebrochenem Deutsch.

»Meine Freundin. Ich finde meine Freundin nicht. Und die Jungs sind auch auf der Suche nach ihr. Einer ist zum Auto am Parkplatz zurück, und der andere ist hier irgendwo.«

»Ihre Freundin ist verschwunden?« hakte er nach. »Ich kann von meiner Wohnung genau auf den Parkplatz sehen. Dort steht kein Auto.

30

Stehen Sie auf und setzen Sie sich auf die Bank.« Er reichte ihr die Hand, um ihr vom Boden aufzuhelfen. »Beruhigen Sie sich erst mal. Ich sehe mich hier mal um. Bleiben Sie hier. Ich komme gleich wieder.«

Yasmin saß auf der Bank und starrte mit versteinertem Blick auf die Wand.

*Wie hat er das gemeint, dass kein Auto auf dem Parkplatz steht? Habe ich das vielleicht falsch verstanden?* Ihre Gedanken kreisten.

»*Señora,* hier ist keiner«, sprach der Fremde, als er sich ihr wieder näherte. »Weder Ihre Freundin noch die jungen Männer. Ich denke, es ist besser, wenn ich die *Policía* rufe. Okay, *Señora?*«

Yasmin nickte, und der riesige Kloß in ihrem Hals verhinderte, dass Worte über ihre Lippen kamen.

*Polizei? Keine Jungs da? Wo ist Kathi? Was ist das bloß für ein Albtraum?*

Sie verstand kein Wort von dem, was er in sein Telefon sagte, da er Spanisch sprach. Er drehte sich zu ihr um, mit dem Handy am Ohr, und fragte: »*Señora,* wie heißen Sie? Wie ist Ihr Name?«

»Yasmin ... Yasmin Becker«, stammelte sie.

Er gab ihren Namen durch, beendete das Gespräch und setzte sich neben sie auf die

31

Bank. »Mein Name ist Antonio. Ich bin der Museumswärter und schaue hier nach dem Rechten. Ich wohne in einer Höhlenwohnung oberhalb und habe Schreie gehört. Ich vermute, die waren von Ihnen, Yasmin, stimmt's?«

Yasmin nickte.

»Inspektor Muñoz Díaz ist auf dem Weg hierher. Er ist in ein paar Minuten hier.«

Yasmin wischte mit ihrem Handrücken die Tränen aus ihrem Gesicht. Der Museumswärter holte ein Stofftaschentuch aus seiner Hosentasche und reichte es ihr.

»¿Quieres agua?[10]«, fragte er und streckte ihr seine Wasserflasche entgegen.

Yasmin nahm dankend an und erinnerte sich wieder an ihren Rucksack, den sie am Eingang abgestellt hatte. Gerade als sie aufstehen wollte, um ihn zu holen, betraten zwei Männer in Uniform und ein Mann in einem Anzug den Innenhof.

»Die Polizei ist da«, sagte Antonio, bevor er aufstand und den Männern entgegenging. Yasmin hörte ihren Namen mehrmals in dem Gespräch. Die beiden Uniformierten verließen Minuten später das Museum. Der Mann im Anzug näherte sich ihr. Sie schätzte ihn auf

10    Möchtest du Wasser?

Mitte vierzig. Aber nur wegen seines silbernen Haaransatzes, der sich von dem restlichen schwarzen Haupthaar deutlich abhob. Er setzte sich zu ihr auf die Bank.

»Yasmin, *¿qué pasa? Soy[11] Inspektor Carlos Muñoz Díaz.* Sag Carlos zu mir. Was ist hier passiert?« Er sprach Deutsch, fast ohne Akzent.

»Meine Freundin Katharina ist verschwunden. Sie ging auf die Toilette. Und als ich nachgeschaut habe, wo sie so lange bleibt, war sie nicht mehr da. Jan ist eine Runde ums Museum gegangen, hat sie aber auch nicht gefunden. Und dann haben wir drei getrennt nach Kathi gesucht.«

»Wer ist Jan?«, fragte Carlos. »Welche drei? Von was sprichst du, Kleines?«

»Der Freund von David«, sagte sie mit fester Stimme. »Wir waren hier mit den Jungs.«

»Und wer ist David?« Ein Seufzen folgte dem Satz.

»Wir haben die beiden gestern am Strand von Playa del Inglés kennengelernt. Und heute sind wir zu viert hierher, um uns Artenara anzusehen.«

»Also, du und deine Freundin, ihr kommt aus

11    Ich bin

33

Deutschland. Und die beiden Jungs? Sind das auch Deutsche?«

Bevor Yasmin antworten konnte, betrat einer der Uniformierten den Innenhof. Carlos stand auf und ging auf ihn zu. Der Körpersprache nach zu urteilen, hatten sie Katharina nicht gefunden.

Carlos drehte sich wieder zu ihr und sprach: »Woher kommen die Jungs, sagtest du?«

»Aus England. Sie wohnen in der Nähe von Bristol, haben sie gestern erzählt. Das habe ich mir deswegen gemerkt, weil das die Geburtsstadt von Cary Grant ist.«

»Und der eine heißt David und der andere hieß …«

»Jan.«

»Familiennamen?«

Yasmin schüttelte den Kopf und schaute auf den Boden. *Wer fragt schon nach Familiennamen?*

Carlos kam wieder auf sie zu und legte seine Hand auf ihre Schulter. »Weißt du, wo die Jungs hier auf der Insel wohnen? Wie bist du und deine Freundin hierhergekommen? Alles, wirklich alles, was dir einfällt, erzählst du mir, *vale?*«

»Sie haben gestern erzählt, dass sie in Vezinta oder so ähnlich wohnen«, sagte

Yasmin. »Wir sind mit dem Auto von den beiden hierhergefahren.« Sie vergrub ihr Gesicht in den Händen und fuhr schluchzend fort: »Oh Mann! Die Jungs müssen doch hier sein. Und Katharina auch!«

»Du meinst sicher Vecindario«, sprach Carlos, und Yasmin nickte zustimmend. »Haben die beiden ein Mietauto, oder gehört ihnen das Auto? Weißt du das?«

»Es war ein Sticker an dem Auto. Ein runder Sticker. Aber ich kann mich nicht erinnern, was draufstand.«

»Welche Farbe hatte der Aufkleber? Versuche, dich zu konzentrieren.«

»Grün und weiß ... oder blau und weiß ... keine Ahnung«, stammelte sie, und unter Tränen fügte sie hinzu: »Wo ist denn bloß Kathi?«

»Wir finden Kathi, mit Sicherheit. Ich habe Verstärkung angefordert. Wir werden hier alles absuchen. Du kommst erst mal mit mir mit auf die Polizeistation. Dort ruhst du dich aus, und dann reden wir nochmals, *vale?*«

# 4

Sarah Österreicher betrat das Büro ihres Chefs, nachdem dieser ihr mit einer eindeutigen Handbewegung zu verstehen gegeben hatte, dass sie zu ihm kommen solle. Die letzten Sätze des Gesprächs mit dem anwesenden Paar schnappte sie noch auf.

»Hilf uns, Norbert«, sprach der Mann und griff nach der Hand der Frau, die neben ihm saß. »Katharina ist nicht auffindbar. Sie ist verschwunden, von einem Moment auf den anderen. Yasmin, ihre beste Freundin, hat uns heute Abend angerufen. Sie ist auf einer Polizeistation irgendwo auf Gran Canaria. Sie hat uns die Nummer von dem Polizisten gegeben, ein gewisser Herr Muñoz Díaz. Der ist wohl der leitende Beamte vor Ort.« Frank überreichte Norbert Richter einen Notizzettel. In zittriger Schrift waren darauf Zahlen und Buchstaben notiert.

Kurz blickte Norbert auf den Zettel und reichte diesen weiter an Sarah, die sich zwischenzeitlich neben ihren Chef gestellt hatte.

»Frank, du bist hier bei der Berliner Polizei.

Wie stellst du dir das denn vor, dass ich dir helfe?« Norbert holte tief Luft. »Gut, ich werde sehen, was ich in dieser Sache für dich tun kann. Die Canarios arbeiten nicht gerne mit ausländischen Behörden zusammen. Und außerdem kochen die da unten ihr eigenes Süppchen, was Gesetze anbelangt. Das muss dir klar sein.«

Mit diesen Worten verabschiedete er sich von dem Ehepaar und reichte beiden die Hand.

Frank wollte gerade die Tür zu Norberts Büro schließen, als er diese nochmals aufmachte und mit tränenerstickter Stimme sagte: »Glaubst du, dass jemand dahintergekommen ist? Vielleicht wurde sie ja entführt. Werden wir eine Lösegeldforderung bekommen? Norbert, ich habe Angst um meine Tochter. Sie ist unser einziges Kind. Bitte bring sie uns heil zurück! Wir verlassen uns auf dich.«

»Wir finden deine Katharina. Lass uns einen Schritt nach dem anderen gehen. Zuerst muss ich nach Gran Canaria, um mehr Informationen zu erhalten. Wenn sich jemand bei dir meldet, dann ruf mich sofort an.«

Sarah sah den beiden nach, als sie wie geprügelte Hunde das Gebäude verließen. »Chef? Wer war das? Wer ist Katharina, und was meinte er mit ›entführt‹? Was ist hier los?«

37

»Ruf du bei der Polizei in Gran Canaria an, bevor du Fragen stellst, bei denen dich die Antworten wirklich nichts angehen«, herrschte Norbert sie an.

»Gut, und was soll ich sagen? Hallo, ich bin es. Keine Ahnung, warum ich anrufe. Ich befolge nur die Anweisungen von meinem Chef?« Sarah setzte ein schelmisches Lächeln auf.

»Du bist und bleibst eine freche Göre. Warum habe ich bloß zugestimmt, dass du in meinem Revier arbeitest?« Norbert stöhnte und schaute sie mit ernstem Blick an. Er griff nach einem der Bleistifte, die in einer Linie aufgereiht auf dem Schreibtisch lagen, und kritzelte etwas auf seinen Notizblock, den er aus einer Schreibtischschublade gezogen hatte. Er trennte den Zettel sauber vom Block und reichte ihn Sarah. »Hier stehen die wichtigsten Daten. Erzähl dem Polizisten, dass wir in diesem Fall ermitteln. Wir brauchen die genaue Adresse, wo sich Yasmin Becker derzeit aufhält. Und setz deinen weiblichen Charme ein. Du musst den Inspektor davon überzeugen, dass es für ihn wichtig ist, dass wir kommen. Verstehst du das?«

Sarah nickte, verließ das Büro und setzte sich an ihren Schreibtisch.

Ein mulmiges Gefühl kam in ihr hoch, als sie die spanischen Worte am anderen Ende der Leitung hörte. Spanisch hatte sie zuletzt in der Schule gehabt, und das auch nur zwei Jahre als Nebenfach. Sie versuchte, zumindest eine Begrüßung auf Spanisch aus ihrem Gedächtnis zu zaubern. Den Rest mixte sie in Englisch hinzu.

»*Buen... buenas tardes, mi name es* Sarah Österreicher. *I am de Alemania. Do you speak alemán?*[12]«

»*Sí,* ich spreche Deutsch«, antwortete Inspektor Carlos Muñoz Díaz. »Wie kann ich Ihnen helfen?«

Sarah atmete erleichtert auf. »Es geht um die beiden Mädchen«, sagte sie und las die Namen von dem Zettel ab, der vor ihr lag. »Yasmin Becker und Katharina Pfeiffer.«

»*Vale.* Und was benötigen Sie von mir, Señora Sarah?«

Diese sanfte männliche Stimme zauberte ihr ein Lächeln aufs Gesicht. Sie konnte sich nicht erklären, warum das so war.

»Die Adresse«, sagte Sarah, »und wie der Stand der Ermittlungen bezüglich Katharina

---

12     Guten Tag, mein Name ist Sarah Österreicher. Ich bin aus Deutschland. Sprechen Sie Deutsch?

39

Pfeiffer ist.«

»Meine Privatadresse oder die Adresse, wo sich Yasmin Becker aufhält?« Ein leiser Lacher folgte.

Sarah durchfuhr ein warmer Schauer, der sich schnell in ihrem gesamten Körper ausbreitete. Diese Stimme, dieses Lachen, all das brachte sie völlig aus dem Konzept. Sie räusperte sich und sprach: »Die Adresse der Bungalowanlage natürlich. Ihre Privatadresse brauche ich nicht. Dass Sie in solchen Situationen noch aufgelegt sind zu spaßen ...«

»*Vale*. Entschuldigen Sie. Sie verstehen wohl keinen Spaß, *Señora* Sarah. Und Sie sind von der Polizei in Deutschland?«

»Ja. Katharinas Eltern haben uns beauftragt, aktiv bei der Suche nach Katharina mitzuhelfen.«

»Und warum sollte ich Ihnen diese Informationen geben? Wie können Sie mir bei der Suche helfen? Wir kommen hier auch ohne Ihre Unterstützung zurecht. Auch wenn das bedeuten würde, dass ich Sie nie zum Abendessen einladen kann.«

»Wir haben Informationen über Katharina, die Sie bestimmt interessieren«, sagte Sarah.

»Und das mit dem Angebot zum Abendessen überlege ich mir vielleicht noch. Wir fliegen mit

Sicherheit nach Gran Canaria, ob Sie wollen oder nicht. Also? Arbeiten wir nun zusammen?«

Nach kurzem Schweigen antwortete Carlos: »*Vale,* Yasmin Becker wurde vor einer Stunde in ihr Ferienapartment gebracht und wird dort von einem Beamten betreut. Katharina Pfeiffer haben wir trotz intensiver Suche nicht gefunden. Wir glauben, dass sie von den beiden Jungs – zumindest von einem davon – entführt und verschleppt wurde. Da die beiden vom Tatort abgehauen sind, liegt die Vermutung doch sehr nahe. Die Adresse von Yasmins Aufenthaltsort schicke ich Ihnen via Mail zu. Wenn Sie mir Ihre Mailadresse geben würden? Ich nehme an, Ihre ist einfacher zu buchstabieren als meine.«

Sarah durchfuhr es wieder heiß, ihre Handinnenflächen schwitzten, und das Handy drohte ihr aus der Hand zu rutschen. Was war nur mit ihr los? Sie kannte diesen Mann noch nicht einmal.

In diesem Moment kam Norbert Richter aus seinem Büro und starrte in ihre Richtung. Sarah riss sich zusammen und buchstabierte angestrengt ihre Mailadresse, bedankte sich und beendete das Gespräch.

»Was ist los, Sarah? Wieso schwitzt du so? Bist du krank?«

Sarah wischte sich ihre Hände am Hosenbein ab und versuchte, dem scharfen Blick von Norbert zu entgehen. »Ich ... ähm ... Yasmin Becker ist in der Apartmentanlage und wird dort bewacht. Von Katharina Pfeiffer nichts Neues, und die Adresse kriege ich via Mail.« Ihr Computer piepste und kündigte damit eine neue Nachricht an. Erleichtert, kurz den Blickkontakt zu Norbert lösen zu können, verschwand sie hinter ihrem Bildschirm, druckte die Mail aus und überreichte sie ihm.

»Gut, dann buchst du einen Flug für zwei Personen nach Gran Canaria, und gib diesem ...«, sagte Norbert, und seine Falten im Gesicht wurden zu Schluchten durch das breite Grinsen. »Schreib deinem neuen Freund, wann wir ankommen, und bitte ihn, uns abzuholen. Ach ja, bevor ich es vergesse, beseitige das Chaos auf deinem Schreibtisch, und bei dieser Gelegenheit entsorge die halb vollen Kaffeebecher auch gleich mit.«

Noch bevor sie protestieren konnte, war Norbert wieder in seinem Büro verschwunden und hatte die Tür hinter sich geschlossen.

# 5

Es lag ein dichter dunkler Nebel vor ihren Augen. Katharina fühlte sich matt und ausgelaugt. Sie griff sich an ihren brummenden Kopf und setzte sich langsam auf. Trotz ihrer geöffneten Augen sah sie nichts. Kein Licht, keinen Schatten, keine Umrisse. Schwarz. Das Schlucken fiel ihr schwer, und sie hatte starke Halsschmerzen. Sie räusperte sich.

Angestrengt versuchte sie, sich zu erinnern, was passiert war und warum sie in diesem dunklen Loch saß. Schemenhaft und in Bruchstücken kamen die Erinnerungen wieder zurück – an die Jungs, an den Ausflug und an den Angriff auf der Toilette.

Sie tastete mit ihrer Hand den Boden ab. Kühl, feucht und eine unebene Struktur. Erst jetzt bemerkte sie, dass es hier ungewöhnlich kalt war, und ein Schauer ließ sie erzittern. Wo war bloß ihre Jacke, die sie angezogen hatte, als sie aus dem Auto ausgestiegen war? Die hatte sie sich doch um die Hüften gebunden, bevor sie den Weg entlanggegangen war in Richtung Kapelle. Sie tastete an ihrem Körper hinunter, aber da war keine Fleecejacke, die sie hätte wärmen können.

*Wo bin ich?*

»Hallo?«, murmelte sie mit heiserer Stimme. Sie räusperte sich wieder und versuchte, lauter zu sprechen. »Ist da jemand?«

Stille.

Auf allen vieren krabbelte sie über den Boden und stieß mit dem Kopf gegen eine Wand. Sie fuhr mit ihren Händen an der rauen, fast felsenähnlichen Struktur entlang nach oben und stand auf. Langsam, ganz langsam setzte sie einen Fuß vor den anderen, sich mit den Händen an der Wand abstützend.

Plötzlich trat sie gegen einen Gegenstand, der am Boden stand. Ein dumpfes Scheppern erfüllte den Raum. Sie ging in die Hocke und untersuchte mit ihren Händen das Hindernis. Ein Eimer aus Metall mit Deckel darauf. Ihr wurde speiübel, als sie daran dachte, welche Aufgabe er erfüllen sollte. Nach den ersten Schrecksekunden fing sie sich wieder einigermaßen. Sie ließ von dem Eimer ab, stand auf und führte ihre Erkundungstour fort.

Vorsichtig, Fuß um Fuß, um nicht wieder gegen Unvorhersehbares zu stoßen, ging sie weiter, bis ihre Hände etwas Hölzernes berührten. War das eine Tür? Es schien so. In ihren Ohren rauschte das Blut. Wild pochend hämmerte ihr Herz gegen die Rippen. Ihr Brustkorb schmerzte. Wieder und wieder tastete sie die Fläche der Tür ab.

*Keine Klinke, kein Griff, kein Entkommen.*

Angst stieg in ihr auf.

Große Angst.

»Ich will nach Hause«, murmelte sie wimmernd.

Sie ließ sich an der Tür hinuntergleiten und saß wieder auf dem harten Boden. Schluchzend wiederholte sie ihre letzten Worte.

Plötzlich hörte ihr Jammern auf. Eine seltsame Wärme trat aus ihrem Inneren hervor und durchfuhr sie wie ein Blitz. Sie schüttelte wild den Kopf.

Fest entschlossen, hier rauszukommen, raffte sie sich wieder auf, stellte sich mit geballten Fäusten hin und hämmerte mit aller Kraft gegen die Holztür.

»Lasst mich hier raus!«, schrie sie, so laut sie konnte. Ein Geräusch hinter ihr ließ sie erstarren. Sie drehte sich um und lauschte. Nicht weit von ihr entfernt hörte sie eine flüsternde Stimme.

»¡Ya! ¡Ya está! ¡Basta!¹³«

»H... hallo?« Katharinas Mut hatte sie

13    Es reicht! Genug!

45

soeben wieder verlassen, und ihr Körper zitterte.

»Hör auf. Sonst kommen sie wieder.«

»Wer kommt? Wer sind ›sie‹?«

»Ich weiß es nicht.«

»Wer bist du?«

»*Yo soy* Melodia.«

»Ich bin Kathi. Wie lange bist du schon hier?«

»Keine Ahnung. Ewig.«

Katharina hörte Schritte, die sich von außerhalb des Raumes näherten. Sie starrte auf die Tür. Ein Schlüssel wurde ins Schloss gesteckt. Katharina wich von der Tür zurück.

*Jetzt sehe ich ihn gleich und kratze ihm die Augen aus.*

Katharina stellte sich kampfbereit auf. So wie sie es im Selbstverteidigungskurs gelernt hatte. Allerdings war sie damals elf gewesen, und bisher hatte sie ihr Wissen noch nie in der Praxis testen müssen. Sie überlegte fieberhaft, was für Tipps und Tricks ihr der Lehrer damals beigebracht hatte.

*Papa, du hattest recht. Vor einem Jahr hätte ich den Auffrischungskurs machen sollen, so wie du es mir gesagt hast.*

Lautes Geschrei drang von außen in das Zimmer. Zwei Männerstimmen – eine klang jünger als die andere – stritten sich vor der Tür.

# 6

Zwei Tage später stand Carlos am Flughafen von Gran Canaria und wartete mit einem Schild in der Hand auf die Ankunft von Norbert und Sarah. Er schaute auf seine Uhr – 16:17. Das Flugzeug war vor zwanzig Minuten gelandet. Er hoffte, dass die beiden bald kommen würden, denn es hatten sich Neuigkeiten aufgetan, die ihn zur Eile zwangen.

Carlos traute seinen Augen kaum, als eine jüngere Frau mit gewelltem braunem Haar und einem frechen Lächeln auf den Lippen, gefolgt von einem älteren Herrn im Anzug, auf ihn zukam.

Die Stimme am Telefon bekam nun ein Aussehen. Er musterte sie von oben bis unten. Ihr buntes Sommerkleid, das kurz oberhalb ihrer Knie endete, betonte ihre Weiblichkeit. Obwohl dieses Kleid durch seine dünnen Träger eher einem Strandkleid als einem Abendkleid glich, trug sie es mit einer Eleganz, wie er es erst einmal bei einer Frau gesehen hatte. Was seine Augen wahrnahmen, gefiel ihm.

»*Buenas tardes, Señora* Österreicher,

*encantado[14]*«, sprach Carlos und streckte Sarah seine Hand entgegen. Sie erwiderte seine Geste. Carlos trat nah an sie heran und schaute genau in ihre braunen Augen. Dann beugte er sich zu ihr hinunter und küsste sie links und rechts auf die Wange. Ihr Haar roch nach Kokos, und er verweilte Sekunden länger dicht an ihrem Körper, als es nötig gewesen wäre.

Sarah schwieg für einen Moment, murmelte eine spanische Begrüßung vor sich hin und trat einen Schritt von ihm zurück.

»*Buenas tardes, Señor* Richter.« Carlos hielt Norbert seine Hand hin, ohne den Augenkontakt mit Sarah zu beenden.

Norbert Richter erwiderte den Händedruck. »*Buenas tardes.*«

Sarah versuchte, Carlos' Blicken auszuweichen, und kramte in den Tiefen ihrer Handtasche, in der sie etwas zu suchen vorgab, aber nichts herausnahm. Das anfängliche freche Grinsen war von ihren Lippen verschwunden.

Carlos lächelte amüsiert. »*Vale,* lasst uns fahren. Es gibt eine neue Meldung.« Er schaute dabei Norbert an, der neben ihm seinen Koffer hinter sich herzog. Sarah folgte den beiden mit

14    (Ich bin) erfreut

48

einigen Schritten Abstand.

»Ja? Welche Neuigkeiten?« Norbert blieb stehen.

»Lasst uns das im Auto besprechen. Ich habe dort geparkt.« Carlos deutete auf den silbernen Geländewagen, der direkt auf der Taxispur stand.

Beim Auto angekommen machte Carlos die Heckklappe auf und griff zuerst Sarahs Koffer. Ihre Hände berührten sich kurz, und Sarah zuckte sofort zurück.

»*Perdón*[15]«, stammelte sie, öffnete die hintere Tür des Geländewagens und setzte sich auf die Rückbank.

Norbert, dem diese Spannung zwischen Carlos und Sarah nicht entgangen war, fing zu lachen an. »Anscheinend ist sie zu früh aufgestanden, oder vielleicht macht ihr die Wärme hier zu schaffen.«

Carlos lachte ebenfalls, nickte und hob den zweiten Koffer in den Kofferraum. Beide Männer stiegen ins Auto. Carlos startete und fuhr los.

»Also? Was gibt es für Neuigkeiten?« Norbert drehte sich zu Carlos und schaute ihn an.

Carlos antwortete nicht gleich. Er stellte

15    Entschuldigung

49

gerade noch den Rückspiegel ein, sodass er Sarah in ihm sah. Sie schaute aus dem Fenster und beobachtete die Umgebung. Seine Blicke hatte sie noch nicht bemerkt.

»Anhand von Yasmins Beschreibung des Heckscheibenaufklebers und der Vornamen der Jungs konnten wir feststellen, bei welcher Mietwagenfirma die beiden Verdächtigen das Auto gemietet hatten. Wir haben sie leider gestern nicht an der Adresse angetroffen, unter der sie gemeldet sind. Heute früh wurden wir von der Mietwagenfirma informiert, dass die Verdächtigen das Auto zurückgegeben haben und sich am Flughafen aufhalten. Die Kollegen vom Sicherheitsdienst am Airport spürten Jan und David auf und hielten sie in Gewahrsam, bis wir vor Ort waren. Sie befinden sich jetzt in der Polizeistation bei mir. Ich habe es vorgezogen, mit der Vernehmung zu warten, bis ihr gelandet seid. Ihr wollt ja sicher dabei sein, oder?« Er sah in den Rückspiegel, direkt in diese braunen Augen, die ihn entgeistert anschauten. Sofort drehte Sarah ihren Kopf zur Seite. Sie versuchte, diese Situation zu überspielen, indem sie weiter die Landschaft betrachtete. Allerdings erstrahlten ihre Wangen in einem dunkelroten Farbton.

Carlos hatte Mühe, seine Augen von ihr zu nehmen. Er war so fasziniert von Sarah, dass er nur die letzten Worte von Norbert hörte.

»… kommen wir dann an?«

»¿Cómo?[16] Ach, bei den Jungs meinen Sie? Wir haben circa eine Stunde Fahrtzeit.« Er lächelte Norbert an, in der Hoffnung, dass dies die richtige Antwort auf die Frage war.

»Und Yasmin? Was ist mit Yasmin?« Norberts Stimme klang genervt, und er schaute zuerst Carlos an, dann drehte er sich zu Sarah um. Sie sah immer noch aus dem Autofenster und beachtete Norbert nicht.

»Yasmin wurde gestern von unseren Kollegen aus Playa del Inglés an ihre Mutter übergeben«, antwortete Carlos und zog somit Norberts Aufmerksamkeit wieder auf sich. »Sie nahm ihre Tochter persönlich am Flughafen in Empfang. Yasmin hat uns alles gesagt und ist weiterhin telefonisch für uns erreichbar.«

»Sie haben eine wichtige Zeugin gehen lassen?« Norberts Zornesfalten, die zwischen seinen Augenbrauen in die Höhe schossen und tiefe Krater auf seiner Stirn hinterließen, verdeutlichten, dass er diese Tatsache nicht fassen konnte.

16    Wie?

51

Carlos zeigte sich unbeeindruckt von Norberts forschem Ton. »Sie hat nichts gesehen und kann uns zum Aufenthaltsort von Katharina nichts sagen. Davon abgesehen, wir haben ja die Jungs. Einer der beiden hat sie entführt, oder vielleicht sogar beide. Das wird sich in der Vernehmung noch herausstellen.«

Carlos bog von der Autobahn ab und fuhr in Richtung des Wegweisers »Ingenio«. Rechts neben der Abfahrt war eine aus Steinen gebaute Mauer. Auf dieser prangte ein Schild: »Villa de Ingenio«. Dahinter sah man eine Allee, gesäumt von Palmen, die schnurgerade in der Ferne verschwand.

Kurz darauf läutete Carlos' Telefon, und er nahm das Gespräch entgegen. Wortkarg lauschte er der Männerstimme, die ihm aufgeregt in spanischer Sprache etwas erzählte. Er beendete das Telefonat, sah Norbert an und sagte: »Wir müssen nach Playa del Inglés fahren. Man hat dort in den Dünen eine weibliche Leiche gefunden.« Carlos wendete den Wagen am nächsten Kreisverkehr und fuhr wieder auf die Autobahn auf.

»Ist … ist es Kathi?«, stammelte Norbert.

»Sie ist blond und ein heller Hauttyp. Mehr kann ich derzeit leider nicht sagen. Wir sind in dreißig Minuten vor Ort. Dann wissen wir mehr.«

Sarah hatte sich in der Zwischenzeit aufgerichtet und das Gespräch der beiden verfolgt. »Woher wissen Sie denn, dass einer der beiden Katharina entführt hat, wenn Sie noch nicht mit ihnen gesprochen haben?«

Carlos sah Sarahs durchdringenden Blick im Rückspiegel.

»Nicht nur schön sind Sie, sondern auch klug, *Señora* Sarah«, erwiderte er.

# 7

Mateo steckte den letzten Teller in den Korb des Geschirrspülers und schloss die Maschine. Ein paar Minuten würde sie brauchen, bis er das Geschirr wieder herausnehmen konnte. Dann war endlich Feierabend für heute.

Trotz der anstrengenden Arbeit war er froh, dass er einen Chef hatte, der ihm die Chance gab, trotz seines Handicaps zu arbeiten. Er wusste nicht mehr, bei wie vielen Stellen er sich beworben hatte. Es waren so viele, dass er sie nicht mehr zählen konnte.

Schnell wischte er die Arbeitsflächen der Restaurantküche ab, räumte die heißen Teller aus der Maschine und stellte sie zu den anderen auf den Stapel. Mateo war aufgeregt, denn heute würde er nach der Arbeit nicht direkt zu sich nach Hause gehen. Die ganze Woche über dachte er schon an das Treffen mit seinem Freund Nicolas. Damals, als sie beide noch bei der Surfschule in Las Palmas gearbeitet hatten, waren sie beste Freunde gewesen. Seit dem Unfall von Mateo trafen sie sich nur noch gelegentlich bei Nicolas zu Hause.

Ob Nicolas sich für Mateos Aussehen

schämte? Hatte er ihm gegenüber ein schlechtes Gewissen?

Schnell verdrängte er die Gedanken aus seinem Kopf. Er hängte die Schürze an den Haken und verließ die Küche durch den Lieferanteneingang, so wie es sein Chef von ihm verlangt hatte. Das war die Bedingung für seine Einstellung. Er musste als Einziger durch den Hintereingang gehen, damit ihn keiner der Gäste sah, die sich sonst – so befürchtete jedenfalls sein Chef – zu Tode erschrecken und nie wieder einen Fuß in das Restaurant setzen würden.

Mateo war es gewohnt, dass ihn die Leute seltsam anschauten, trotzdem empfand er die Blicke als unangenehm. Sein Gesicht war wirklich kein schöner Anblick. Es hatte nach dem Unfall Monate gedauert, bis er sich wieder im Spiegel betrachten konnte. Die Narbe, die sich von seinem Ohr bis zum Kinn erstreckte, leuchtete in tiefem Rot. Der Mundwinkel auf der linken Seite hing tiefer als der andere. Mateo hatte versucht zu lächeln und war in Tränen ausgebrochen, als er das Ergebnis gesehen hatte. Aufgrund der Tiefe seiner Verletzung waren Muskeln und Nerven durchtrennt worden. Sein einst so warmes

Lächeln hatte sich in eine hässliche, schiefe Fratze verwandelt.

Trotz seines muskulösen Oberkörpers und seiner strahlend blauen Augen würde er nie wieder eine Frau zu seiner Freundin machen können. Die einzige Art der Zuwendung, die ihm die Frauen noch zukommen ließen, bestand aus mitleidigen Blicken. Aus diesem Grund hatte er bei sich zu Hause jeden Spiegel abgenommen, damit er nicht daran erinnert wurde.

Nicolas wohnte nicht weit von seiner Arbeitsstelle entfernt, also beschloss Mateo, zu Fuß zu gehen. Er nahm die Abkürzung über die Treppe, die ihn nach unten auf die Straße führte, und schlenderte an dem Supermarkt vorbei, der trotz des beengten Raumes eine riesige Auswahl hatte. Er blieb kurz stehen und überlegte, ob er etwas für Nicolas mitbringen sollte, verwarf diesen Gedanken aber wieder.

Beim Marktplatz angekommen folgte er der linken Straße, die gerade genug Platz für ein Auto bot.

Mateo kam ins Schwitzen. Die Straße ging steil bergauf, und mit jedem Schritt, den er weiter nach oben ging, keuchte er umso mehr.

*Warum bin ich nicht mit dem Auto gefahren?*

Völlig außer Atem und erleichtert, bei Nicolas' Haus angekommen zu sein, stellte er sich vor die Tür und atmete kräftig durch. Nicolas' Haus war das letzte in dieser Straße, und durch die beachtliche Höhe hatte er einen gigantischen Ausblick auf das ganze Dorf. Auf dem Hügel direkt gegenüber stand die Jesusstatue in Weiß mit weit ausgebreiteten Armen und wachte über das Dorf. Zwei Engel lagen Jesus zu Füßen und schauten zu ihm auf. Mateos Mutter hatte ihm damals, als er noch ein Kind war, erzählt, dass eine ähnliche Statue auch in Rio de Janeiro stehe. Allerdings um ein Vielfaches größer. Er war mit ihr oft dort hinaufgegangen, um den Ausblick und die Ruhe zu genießen.

Nachdem er sich gefangen hatte und wieder ausreichend Luft bekam, betrat er das Haus.

»*Hola,* Nicolas«, rief Mateo, zog sich die Schuhe aus und ging ins Wohnzimmer, aus dem spanische Musik erklang.

»*Hola, viejo amigo*[17]«, begrüßte Nicolas ihn. »*¿Qué tal?*[18]«

Mateo setzte sich zu seinem Freund, der auf dem Sofa die *El País,* die spanische

---

17    Alter Freund
18    Wie geht es dir?

Tageszeitung, las.

»Danke, es geht mir gut«, sagte Mateo. »Und wie geht es dir? Was gibt es Neues?«

»Stell dir vor. Heute haben wir in der Surfschule einen neuen Surflehrer bekommen. Der hat sich für seinen ersten Tag gut gehalten. Die Schüler waren begeistert. Kannst du dich noch an die Stelle erinnern, dort am Las Canteras? Wo wir damals mit unseren Boards ges...« Nicolas verstummte mitten im Satz. »Lo siento[19]. Entschuldige, das wollte ich jetzt nicht.«

Mateo hatte seine Hand auf sein Gesicht gelegt und fuhr mit dem Zeigefinger die lange Narbe entlang. Der Las-Canteras-Strand hatte bei ihm Spuren hinterlassen. »Passt schon, todo bien[20]«, sagte er und setzte ein Lächeln auf.

»Nein, nichts ist gut. Ich bin ein Idiot. Wie bin ich bloß darauf gekommen, ausgerechnet dir das zu erzählen? Gerade dort, wo du den Unfall hattest. Ich kann mich noch daran erinnern, als wäre es gestern gewesen.« Nicolas legte seine Hand auf Mateos Schulter, dessen Blick dem Boden zugewandt war.

»Du kannst dir nicht vorstellen, was für

19    Es tut mir leid
20    Alles gut

58

Schmerzen das waren, als ich mit dem Gesicht auf dieses Riff geknallt bin.« Mateo schüttelte den Kopf.

»Kann ich nicht«, sagte Nicolas. »Stimmt. Es tut mir leid. Ich mache mir seit zwei Jahren Vorwürfe deswegen. Ich bin daran schuld, dass du vom Board gefallen bist.«

»No[21], wir hätten niemals dieses Rennen machen dürfen, noch dazu bei diesem Wellengang. Wir wussten beide, wie gefährlich das war. Die Welle hat mich gepackt und vom Board gerissen. Es ging alles viel zu schnell, und es war nicht deine Schuld. Da brauchst du dir keine Vorwürfe zu machen. Ohne dich wäre ich nicht mehr auf dieser Welt. Du hast mir das Leben gerettet, als du mich aus dem Wasser gezogen hast. Ich bin froh, dass es dich gibt.« Mateo schaute Nicolas an und lächelte. »Lass uns von etwas anderem sprechen. Wie geht es ... ähm ... wie hieß deine Freundin?«

»Lolita heißt sie. Und bald ist sie nicht mehr nur meine Freundin.«

Mateo brauchte einige Sekunden, bis er das breite Lächeln in Nicolas' Gesicht sah. »Toll, ich gratuliere. Wann ist denn die Hochzeit?«

»Im September, also in fünf Wochen. Wir

21    Nein

59

freuen uns darauf, und wir laden dich herzlich ein. Du kommst, ja?«

Mateo schaute ihn verwundert an. »Ich? Ich soll zu deiner Hochzeit kommen? Du hast dich mit mir schon lange nicht mehr in der Öffentlichkeit sehen lassen, und du willst auf einmal, dass ich zu deiner Hochzeit komme?«

»Du kannst deine Freundin mitbringen, wenn du möchtest. Ich würde sie gerne einmal kennenlernen.«

»Sie muss dann auf unseren Sohn aufpassen. Er ist zu diesem Zeitpunkt ein Monat alt.«

»Wann ist der genaue Geburtstermin?«, fragte Nicolas. »Sie ist doch schon im neunten Monat, oder?«

»Ja. Es kann jede Minute losgehen. Babys kommen meist nicht am errechneten Datum, sondern wenn sie dafür bereit sind. Ich muss jetzt los. War schön, mal wieder mit dir zu plaudern. Dann sehen wir uns auf deiner Hochzeit.«

Zum Abschied umarmten sie sich.

# 8

Von Weitem sah Sarah die Menschenmenge, die sich am Strand von Playa del Inglés gebildet hatte. Mitten in den meterhohen Sanddünen standen Polizeiautos mit blinkendem Blaulicht. Einige Polizisten versuchten, die gaffenden Zuschauer unter Kontrolle zu bringen. Es war 17:21 Uhr. Die meisten Menschen hier waren Touristen, gekleidet in lockere Klamotten, auf ihrem acht Kilometer langen Abendspaziergang am Strand entlang zwischen Playa del Inglés und Maspalomas.

Carlos hatte scharf gebremst, und der dadurch aufgewirbelte Sand stieg Sarah in die Nase, als sie aus dem Jeep ausstieg. Sarah, Carlos und Norbert bahnten sich einen Weg zwischen den Schaulustigen hindurch.

Sarah sah den toten Körper einige Meter entfernt in Bauchlage im Sand liegen. Im ersten Moment realisierte sie die blonden zu einem Pferdeschwanz gebundenen Haare. Sie erinnerte sich an das Foto von Katharina, und ihr wurde mulmig in der Bauchgegend. Auf diesem Foto strahlte Katharina, und ihre langen Haare glitten ihr über die Schultern. Sofort griff sie nach Norberts Ärmel und zog daran. Norbert stoppte und drehte sich zu ihr um.

»Ist das Kathi?«, flüsterte sie.

»Ich weiß es nicht«, murmelte er und wandte sich wieder dem Fundort zu. »Ich hoffe nicht.«

Ein Teil der Polizisten war gerade dabei, eine Art Abtrennwand aufzubauen, um die Leiche vor den neugierigen Blicken der Touristen zu schützen.

Der Rettungswagen stand direkt neben dem Opfer, allerdings waren die Sanitäter arbeitslos. Ein schwarzer Kombi fuhr langsam über den Strand auf den Tatort zu. Die Touristenmenge teilte sich in der Mitte und ließ ihn passieren.

Carlos unterhielt sich einige Schritte entfernt mit einem Kollegen, um sich über den neuesten Stand der Ermittlungen zu informieren. Sarah und Norbert standen etwas abseits der Leiche. Norbert starrte wie gebannt auf die tote Frau, und Sarah traute sich kaum zu atmen, die Anspannung in ihr ließ sie fast platzen.

Die blonden Haare würden passen.

Auch die helle Hautfarbe ließe den Schluss zu, dass es sich bei der Toten um Katharina handeln könnte.

Obwohl Sarah nicht gläubig war und auch von der Kirche nicht viel hielt, stieß sie ein Stoßgebet gen Himmel aus. *Bitte, lieber Gott, lass es nicht Katharina sein. Lass mich Katharina wohlbehalten wieder zurück zu ihren Eltern bringen. Ich wüsste nicht, was ich sagen sollte, wenn ich ihren Eltern eine tote Tochter mitbringen würde. Mein erster Fall im neuen Revier, und dann beginnt er gleich mit einer Leiche. Das wäre kein guter Start.*

Es vergingen ein paar Minuten, die Sarah vorkamen wie Stunden, bis sie Gewissheit bekam. Der Leichnam wurde, nachdem er von der Polizei freigegeben worden war, von den Bestattern umgedreht, hochgehoben und in einen schwarzen Sack gelegt.

Sarah und Norbert gingen einen Schritt auf die Tote zu. Sie schauten in das geschundene Gesicht, blau und rot unterlaufen. Die Augen und der Mund standen weit offen. Das Blut von der klaffenden Kopfwunde war verschmiert mit Sand.

Norbert atmete erleichtert auf und richtete seine Krawatte. »Das ist nicht Kathi!«, sagte er, und obwohl er gerade in diese toten Augen geschaut hatte, huschte ein zaghaftes Lächeln über sein Gesicht, das aber sofort wieder verschwand, als er sich zu Carlos drehte.

»Das ist eine gute Neuigkeit, wobei derzeit wohl die einzige«, sprach Carlos. »Jetzt sind noch mehr Fragen offen: Wer ist diese Frau, und wo ist Katharina? Es wird Zeit, dass wir auf die Wache fahren und uns dort mit den beiden Jungs unterhalten.«

# 9

Sarah und Norbert schauten im Nebenraum durch das spiegelverglaste Fenster in das Vernehmungszimmer, in dem einer der beiden Verdächtigen saß. Durch den Lautsprecher konnten sie das Gespräch mithören.

»Wie ist Ihr Name?«, fragte Carlos. »Warum wollten Sie nach Lanzarote? Warum sind Sie und Jan vom Museum abgehauen? Und wo haben Sie Katharina hingebracht?«

»Ich sage es nochmals. Mein Name ist David Clarks. Ich wollte mit Jan Lanzarote erkunden, deswegen waren wir am Flughafen. Wir wollten nicht abhauen. Warum auch? Wir haben nichts gemacht. Mit dem Verschwinden von Katharina habe ich nichts zu tun. Ich bin genauso geschockt, dass Kathi nicht auffindbar ist, wie Sie.« Genervt schaute er Carlos in die Augen.

»Sie haben schon verstanden, dass Sie unter dringendem Tatverdacht stehen? Sie und Ihr Freund haben sich von einem Tatort entfernt. Dass Sie dies verdächtig macht, ist wohl klar, oder? Gibt es Zeugen, die Ihren Aufenthaltsort in den letzten zweiundsiebzig Stunden bezeugen können? Hat Sie jemand gesehen?«

»Ja, klar kann das jemand bezeugen. Jan!«

Carlos starrte ihn ungläubig an und seufzte. David schien in den letzten Nächten nicht viel geschlafen zu haben. Seine hellbraunen Haare standen kreuz und quer, und unter den blutunterlaufenen Augen zeichneten sich dicke schwarze Ringe ab.

»Auch ohne richterlichen Beschluss kann ich Sie für vierundzwanzig Stunden in Gewahrsam nehmen, wenn man eine mögliche Entführung in Betracht zieht, dann sogar für achtundvierzig Stunden«, sagte Carlos und betonte dabei seine letzten Worte besonders. »Und glauben Sie mir, ich werde jede Minute davon ausnutzen.« Er klappte sein Notizbuch zu und verließ das Zimmer.

Kurz darauf betrat er den Nebenraum, in dem Norbert und Sarah auf ihn warteten. »Das bringt uns nicht weiter. Aus dem ist nichts herauszubekommen.« Carlos setzte sich auf einen Stuhl und starrte David durch das Fenster an. »Aber er muss wissen, wo Katharina ist. Außer ihm und Jan haben wir keine Verdächtigen. Wir ...« Er unterbrach seine Worte, da ein junger Beamter mit einer Mappe in der Hand den Raum betrat und diese

66

Carlos übergab. »*Gracias*[22], Cristiano.«

Cristiano nickte und verließ wieder den Raum. Carlos überflog kurz den Inhalt und las das Wichtigste vor. »*Vale,* David Clarks kommt aus Bristol in England. Er hat Vorstrafen wegen Drogenbesitzes und Körperverletzung. Seine Eltern leben ebenfalls in Bristol. Er hat einen zehn Jahre älteren Halbbruder namens Oliver Cooper. Er stammt aus der ersten Ehe der Mutter ...«

Norbert räusperte sich und unterbrach Carlos mitten im Satz. »Cooper? Oliver Cooper? Sind Sie sich sicher?«

Carlos las noch einmal nach und nickte. »Ja, warum? Kennen Sie Oliver Cooper? Er ist einschlägig bekannt in der Drogenszene. Er wurde wegen Mordes in Deutschland verurteilt, danach hat man ihn nach Wandsworth überführt, wo er seine Strafe absaß. Vor drei Wochen wurde er wegen guter Führung vorzeitig aus der Haft entlassen.«

»Ah ... ja, kommt mir bekannt vor. Ich kann nur im Moment nicht sagen, wo ich diesen Namen einordnen soll.« Norbert holte sein Handy hervor, schaute kurz auf das Display und ließ es wieder in seiner Hosentasche

22    Danke

verschwinden.

Sarah stieß ihn gegen den Oberarm. »Norbert? Was ist los? Du bist so blass und hast Schweißperlen auf der Stirn.«

»Alles okay«, antwortete er. »Ich brauche nur etwas zu trinken. Es ist auch sehr heiß hier drinnen.« Er löste mit dem Zeigefinger seinen Krawattenknoten und verließ den Raum.

Carlos schaute ihm verwundert nach und sagte: »Was war das denn? Was ist denn mit Ihrem Chef los?«

»Ach, ich denke, es ist nur die Hitze. Es wird ihm gleich wieder besser gehen.«

»Ich werde jetzt mit Jan reden. Mal sehen, ob der mir mehr berichten kann als David.« Mit diesen Worten ging Carlos aus dem Zimmer.

# 10

Katharina schreckte unsanft aus dem Schlaf hoch. Noch ein wenig benommen setzte sie sich auf. Die schmerzerfüllten Schreie von Melodia gingen ihr durch Mark und Bein. Adrenalin schoss durch Katharinas Körper, und sie war von einem Moment auf den anderen hellwach.

Melodias Schlafstätte, die ebenso wie ihre aus einer Wolldecke auf dem Boden bestand, war nur eine Armlänge von ihr entfernt. Im Dunkeln griff Katharina zu ihr hinüber. Melodia legte ihre schweißnasse, zitternde Hand in Katharinas.

»Beruhige dich. Ich bin da.« Katharina rückte ein Stück näher an sie heran, tastete nach ihrem Kopf und streichelte ihr sanft über das Haar. Melodias Stirn glühte. Katharina zog Melodias Kopf an ihre Schulter und fing an, ein Lied zu summen.

*Das hat Mama immer gemacht, wenn ich krank war.*

Melodia wimmerte leise. »Es tut so weh. *Escucha mi plegaria, Virgen María.[23]*« Melodia ergriff Katharinas Hand fester, drückte sie

---

23    Höre mein Gebet, Jungfrau Maria.

69

zusammen und stieß einen gellenden Schrei aus.

Katharina versuchte, Melodias verkrampfte Finger zu lösen, aber es gelang ihr nicht. Ihre Hand pochte, und der Schmerz durchfuhr sie bis zur Schulter. In ihrem rechten Ohr surrte es. Melodias Schrei hatte ihr Trommelfell fast zum Bersten gebracht.

Die Tür flog mit einem lauten Knall auf. Das helle Licht, das in den Raum schien, blendete Katharina. Sie hob ihre Hand vor die Augen, um sie vor dem grellen Schein zu schützen. Nur schemenhaft erkannte sie die Umrisse einer fremden Person, die auf sie und Melodia mit großen Schritten zustürmte.

Gewaltsam wurde Melodia in die Höhe gerissen und in Richtung Ausgang geschleift. Sie bewegte sich nicht.

*Sie kann nicht mehr gehen. Die Schmerzen sind einfach zu stark.*

»Nein!«, schrie Katharina. »Lass sie los! Sie hat Schmerzen!« Sie sprang auf und packte den Angreifer mit beiden Händen am Unterarm.

Er versuchte, Katharina abzuschütteln, indem er den Arm in die Höhe hob und mit seinem Fuß nach ihr trat.

Sie umfasste seinen Arm noch stärker und

biss hinein. Sie musste Melodia helfen.

Der Mann ließ Melodia los. Sie sackte sofort in sich zusammen und blieb regungslos auf dem Boden liegen. Der Angreifer wandte sich Katharina zu, die noch immer seinen Arm fest umschlossen hielt. Er packte sie blitzartig mit seiner freien Hand an der Kehle und schob sie gegen die Wand hinter der geöffneten Tür. Er schnürte ihr mit seiner Kraft den Atem ab. Die Kälte der Wand bohrte sich in ihren Rücken.

Katharina stellte sich auf die Zehenspitzen, um besser atmen zu können, allerdings verringerte sich der Druck auf ihre Luftröhre nicht. Sie röchelte und gierte nach Sauerstoff. Mit einer Hand umklammerte sie die Finger, die auf ihre Kehle pressten, mit der anderen schlug sie auf den Unterarm des Angreifers ein, um diesen von ihr wegzubekommen.

Es rauschte in ihren Ohren. Sie spürte ihren Herzschlag im ganzen Oberkörper.

Er war ihr so nah. Sie roch ihn. Eine Mischung aus Zitrone und Alkohol stieg ihr in die Nase.

*Wer ist er? Und was will er von mir? Wieso bin ich hier?*

All diese Fragen schossen ihr durch den Kopf.

Er stand im Dunkeln, verdeckt von der Tür.

Der Schein, der von außen in den Raum drang, konnte sein Gesicht nicht erreichen. Nur Melodia war im Rampenlicht.

Der Schweiß lief Katharina in Strömen die Schläfen hinunter. Ihre Zehen gaben nach, und ihre Fersen drohten wieder festen Boden zu erreichen. Bald hingen ihre Arme schlaff und nutzlos an den Seiten. Ihre Kraft, sich zu wehren, war aufgebraucht.

Alles um sie herum drehte sich wie in einem Karussell.

*Papa ließ mich noch entscheiden, ob wir gemeinsam in der Prinzessinnenkutsche fahren sollten oder ob ich allein auf dem Pferd reiten möchte. Natürlich habe ich mich für das Pferd entschieden. Ich war doch schon ein großes Mädchen. Alles drehte sich, und ich habe gehofft, dass es niemals aufhört. Mama stand außerhalb und winkte mir zu. Mit einem Lächeln rief sie: »Wehr dich! Wehr dich, mein Kind!«*

Es überkam sie ein Schub unbändiger Energie. Katharina ballte ihre Hände zu Fäusten und prügelte mit aller Kraft auf ihren Peiniger ein. Er stand da wie ein Eisblock, und die Schläge prallten an ihm ab.

Melodia schrie, und ihr Körper krümmte sich

in Embryonalhaltung zusammen.

Der Angreifer lockerte den Griff um Katharinas Kehle und drehte sich zur Seite. Dann ließ er sie los und eilte zu Melodia.

Katharina umfasste sofort schützend ihren Hals. Sie rang nach Luft und keuchte. Entkräftet rutschte sie an der Wand hinunter auf den Boden. Inzwischen war der Fremde bei Melodia und hob sie hoch auf seine Arme.

Sekunden später war es wieder dunkel im Raum. Das Schloss der Tür war hörbar eingerastet.

Katharina atmete unregelmäßig und hastig. Sie hörte Melodias Schreie, die sich immer weiter von ihr entfernten.

*Was ist hier bloß los? Wo bringt er sie hin?*

Erst jetzt begriff sie, dass es aus diesem Albtraum kein Entrinnen mehr gab. Tränen liefen ihr wie Sturzbäche die Wangen hinunter.

# 11

»Ich frage Sie zum letzten Mal! Wo ist Katharina Pfeiffer? Was wissen Sie über ihren Aufenthaltsort? Warum wollten Sie und David nach Lanzarote?« Carlos schlug auf den Tisch, sodass dieser unter der Wucht des Aufpralls knirschte.

»Ich weiß nicht, wo Katharina ist«, sagte Jan und blickte auf den Boden. »Ich weiß es nicht. Ich habe damit nichts zu tun. David und ich wollten nur einen Ausflug mit den Mädels machen.«

»Sie bleiben so lange hier, bis Sie mir die Wahrheit sagen. Ist das klar?«

»Sie können mich nicht festhalten. Das ist Freiheitsberaubung!«

»Sie sind einer der Verdächtigen im Entführungsfall von Katharina Pfeiffer und Hauptverdächtiger in einem Tötungsdelikt in Playa del Inglés. Ich darf Sie festhalten. Warum sind Sie in Artenara abgehauen, wenn Sie doch angeblich nichts damit zu tun haben? Erklären Sie mir das! Warum sind Sie überhaupt auf Gran Canaria? Einen Job haben Sie hier nicht angenommen, jedenfalls laut Akte. Wie können

Sie Ihre Miete bezahlen ohne Job?«

Jan rutschte auf seinem Stuhl hin und her, aber er schwieg.

»Gut, nehmen wir eine Frage nach der anderen. Wo haben Sie sich aufgehalten, als Katharina entführt wurde?«, fragte Carlos. »Laut der Aussage von Yasmin Becker waren Sie zum Tatzeitpunkt nicht in ihrer Nähe.«

»Ich habe mir das Museum angesehen! Ist das heutzutage verboten? Ich habe nichts mit ihrer Entführung zu tun.« Jan verschränkte seine Arme vor der Brust.

»Ich will die Wahrheit hören. Wohin haben Sie sie verschleppt? Jetzt spucken Sie es endlich aus! Wo ist ...« Carlos wurde vom Läuten seines Handys unterbrochen und drehte Jan den Rücken zu, um das Gespräch entgegenzunehmen. Carlos nickte, dann beendete er das Telefonat und drehte sich wieder zu Jan um. »Wir haben den Mietwagen von euch untersucht! Hast du mir nicht doch etwas zu sagen, *mi hijo?*«

Jan wich Carlos' Blicken aus und starrte weiterhin auf den Boden. »Und? Was soll ich Ihnen denn sagen? Ich habe nichts gemacht!« Er hob seinen Kopf. Kreidebleich und mit Schweißperlen auf der Stirn sah er Carlos an.

»Letzte Chance. Wir haben im Auto gefundene Partikel einem Drogenschnelltest unterzogen. Klingelt es jetzt bei dir?«

Jans Kehlkopf bewegte sich ruckartig. Es schien, als schluckte er den Kloß in seinem Hals herunter. »Okay, gut. Ja, wir haben Drogen genommen.«

Carlos beugte sich weit über den Tisch. »Und in eurem Drogenrausch habt ihr Katharina entführt und sie vielleicht sogar umgebracht? Und was ist mit dem Mädchen vom Strand?«

Jan sprang auf. Der Beamte, der einen Schritt hinter ihm stand, hielt ihn sofort an den Schultern fest und drückte ihn wieder auf den Stuhl zurück.

»Nein! Nein, wir haben nichts gemacht. Wirklich nicht. Sie müssen mir glauben. Wir sind abgehauen, weil wir die Drogen dabeihatten und die nicht auf die Schnelle entsorgen konnten. Und nachdem wir gesehen haben, dass ein Polizeiauto direkt vor unserer Wohnung steht, wussten wir, dass man uns sucht. Der einzige Ausweg war, einen Inlandsflug zu nehmen auf eine andere Insel.«

»Ihr habt Yasmin allein zurückgelassen«, sagte Carlos. »Was dachtet ihr euch dabei?«

»Anfangs wollten wir ins Museum

zurückgehen und Yasmin bei der Suche helfen«, entgegnete Jan. »Gerade als wir in den Innenhof gebogen sind, war da dieser Mann, der telefonierte. Wir wussten, Yasmin ist bei ihm in guten Händen. Wir mussten abhauen.«

»Und das Mädchen vom Strand? Was ist mit ihr? Sie ist in der Zeit getötet worden, in der ihr flüchtig wart! Wolltet ihr sie in eurem Drogenrausch ebenfalls entführen, und das ist schiefgegangen? Habt ihr sie deshalb erschossen?«

»Welches Mädchen denn? Ich weiß nicht, wovon Sie reden. Ehrlich nicht. Ich habe niemanden getötet. Sie müssen mir glauben! Wir haben keine Waffen.«

Carlos stöhnte und rieb sich das Kinn.

*Das kann doch wohl nicht wahr sein. Geht es hier wirklich nur um Drogen? Ist das der einzige Grund, warum sie von der Insel abhauen wollten? Haben die beiden wirklich nichts mit der Entführung und dem Mord zu tun? Oder sind sie einfach nur ein paar verdammt gute Lügner?*

# 12

Katharina wusste nicht, wie lange sie schon hier in diesem dunklen Raum war.

Oder wie lange es her war, dass Melodia aus dem Raum gezerrt worden war.

Sie hörte den Schlüssel, der in das Schloss der Tür gesteckt wurde.

Ein Klicken.

Ein Knarren.

Da war es wieder. Das grelle Scheinwerferlicht. Die schwarze Gestalt näherte sich ihr und verdeckte das Licht fast vollständig. Katharina saß am Boden auf ihrem Schlafplatz. Er packte sie am Handgelenk und zog sie in die Höhe.

»Nein!«, schrie sie und versuchte, sich aus seinem festen Griff zu befreien.

*Hat der Kerl übermenschliche Kräfte?*

Ihr Handknochen knackte, und sie hatte das Gefühl, er würde jeden Augenblick in tausend Stücke zerspringen. Der Schmerz raubte ihr den Atem, aber sie gab nicht auf. Als der Fremde sie an sich zog, trat und schlug sie nach ihm.

Mehrmals erwischte sie ihn mit ihren Füßen,

die seine Oberschenkel und seinen Bauch trafen, doch er ließ nicht von ihr ab. Ganz im Gegenteil. Der Sog in die Höhe verstärkte sich, als würde ihr Arm von einem starken Magneten angezogen.

*Gleich wird mein Arm abreißen!*

»Lass mich in Ruhe! Fass mich nicht an!«, schrie Katharina und holte erneut mit ihrem rechten Fuß aus. Er ließ ihr Handgelenk los, fing den Tritt mit beiden Händen ab und zog ihren Fuß in seine Richtung. Sie verlor das Gleichgewicht und kippte nach hinten über.

Sie kam mit dem Rücken unsanft auf dem Boden auf. Blitzschnell saß er auf ihr, und seine Finger pressten ihre Luftröhre zusammen. Sein Gewicht auf ihrem Bauch erschwerte ihre Atmung zusätzlich. Der Klammergriff um ihren Hals raubte ihr beinahe die Sinne, und grelle Sterne flimmerten vor ihren Augen. Ihr kam es so vor, als würde sie mehrere Zentimeter über dem Boden schweben.

*Diesmal sterbe ich!*

Mit tauben Fingern versuchte sie, seinen Griff zu lockern. Sie wand ihren Körper mit letzter, verzweifelter Kraft nach links und rechts, um ihren Angreifer von sich herunterzuschütteln. Doch ihr Körper reagierte

79

nicht mehr so, wie ihr Verstand es gerne gehabt hätte.

Vor ihren Augen blitzten immer mehr Punkte auf, und ihre Kehle war staubtrocken. Verschwommen nahm sie die kantigen Gesichtszüge ihres Angreifers wahr.

Ihre Hände ließen von den seinen ab und sanken links und rechts nach unten. Körperlich war sie außer Gefecht gesetzt, aber ihr Verstand arbeitete härter als zuvor, um dieser Hölle zu entkommen.

Plötzlich lockerte er seinen Griff.

Es dauerte Sekunden, bis Katharina realisierte, dass sie noch lebte. Sofort fuhr sie mit beiden Händen an ihren Hals und sog gierig die Luft ein. Erst als der Hustenreiz einsetzte, merkte sie, dass er noch immer auf ihr saß und sie beobachtete.

*Vielleicht reicht meine Kraft aus, um ihn jetzt von mir zu stoßen. Soll ich es wagen? Eine zweite Attacke von ihm überlebe ich nicht. Soll ich auf Angriff gehen oder mich totstellen?*

Seine Hände zogen ihr T-Shirt nach oben, und sie spürte etwas Kaltes auf ihrem nackten Bauch, gefolgt von einem Geräusch, das sich wie das Zerreißen von Stoff anhörte.

Katharinas Atem ging schnell, und ihr

Herzschlag pulsierte hörbar in ihren Ohren. Doch plötzlich hielt sie die Luft an, als sie das Kalte auf ihrem Brustbein fühlte.

*Es ist ein Messer, und er wird mich töten*, dachte sie und schloss die Augen.

Ihre Arme waren frei, doch sie blieb regungslos liegen. Ihre Hoffnung war groß, dass er ihr nichts antun würde, wenn sie ihn gewähren ließ.

Ein Schnitt, und ihr Büstenhalter gab ihre Brüste frei.

Scham überkam sie und befahl ihr, sich zu bedecken. Doch ihr Verstand sagte: *Bewege dich nicht!*

Die Spitze des Messers bohrte sich leicht in ihre Kehle. In Katharinas Körper tobte ein Krieg. Äußerlich lag sie wie zu Stein erstarrt da.

Sie atmete flach.

Sie hörte den Stoff, der unter der scharfen Klinge nachgab, und wartete auf den Schmerz, der sich gleich in ihrem Hals ausbreiten würde. Ganz fest kniff sie die Augen zusammen und dachte an ihre Mama und an ihren Papa. Wie sehr sie die beiden doch liebte.

*Papa, hilf mir!*

Die zwei Hälften ihres zerschnittenen T-Shirts kamen auf ihrer nackten Haut auf. Doch der Schmerz blieb aus, und das Gewicht auf ihr war fort. Seine Hände machten sich am Knopf ihrer Jeanshose zu schaffen. Sie öffnete ihre Augen einen Spalt und blinzelte, weil das Licht zu grell war. Er war nur als schwarzer Schatten zu erkennen. Der Schattenmann. Er kniete direkt neben ihr.

Dann drehte er sein Gesicht in ihre Richtung, und Katharina schloss die Augen und hielt den Atem an. Sie vernahm ein Rascheln und ein leichtes Stöhnen.

Er umfasste mit seinen Händen ihren Hosenbund und zog die Jeans mit einem kräftigen Ruck unter ihrem Gesäß hervor. Sie lag auf dem kalten Fußboden und erschrak zu Tode, gab aber keinen Laut von sich. Bekleidet nur mit ihrem Slip und den Resten des T-Shirts lag sie stocksteif da.

Sie hörte sein leises Keuchen. Vermutlich stand er da und beobachtete sie. Sie hörte ihn atmen.

Katharina kam sich vor wie ein Spanferkel auf dem Präsentierteller. Nur der Apfel im Mund fehlte.

Schritte entfernten sich von ihr. Der Schein der Lampe drang durch ihre geschlossenen Augenlider.

*Ist er gegangen? Ist die Tür offen? Bin ich allein?*

Langsam öffnete sie ihre Augen. Auf den ersten Blick sah sie ihn nicht. Sie hob ihren Kopf, um mehr erkennen zu können.

Die Tür stand sperrangelweit offen.

*Ist das meine Chance zu fliehen?*

Stille.

Plötzlich ein leises Quietschen, das aus einem Nebenzimmer zu kommen schien.

Katharina nahm ihren ganzen Mut zusammen und setzte sich auf.

Wieder ein Quietschen, gefolgt von einem Knarren.

Wie gebannt starrte sie auf die geöffnete Tür. Das Licht des Strahlers, der an der Außenseite oberhalb der Tür festgemacht war, blendete sie, sodass sie nicht erkennen konnte, was außerhalb des Raumes vor sich ging.

*Wenn ich schnell genug hinausrenne, werde ich überleben. Wenn ich nicht schnell genug bin, wird er mich töten.*

Ihr Körper zitterte. Ihre Fingernägel krallten sich schmerzhaft in die Handinnenflächen. Sie atmete tief durch, bevor sie aufstand.

Ihr Herz drohte aus ihrer Brust zu springen, so sehr raste es.

Nur ein Gedanke schrie in ihrem Kopf.

*Flucht!*

Katharina zählte leise: »Eins ... zwei ... dr...«
Sie setzte ihren rechten Fuß nach vorne, um
loszusprinten, da hörte sie zwei
Männerstimmen, die sich auf Spanisch stritten.

Sie blieb wie angewurzelt stehen.

Die beiden waren ganz in ihrer Nähe.

Dann hörte sie Schritte, die sich schnell in
ihre Richtung bewegten.

Hektisch ergriff sie ihr zerfetztes T-Shirt und
versuchte, zumindest einen Teil ihres Körpers
damit zu bedecken. Sie kauerte sich Hilfe
suchend an die Wand.

Der Schattenmann war wieder da.

Er hielt etwas bedrohlich vor sich. Ein großes
Laken, vielleicht eine Decke. Er berührte sie
mit dem Stoff, und sie zuckte zusammen. Dann
legte er ihr ihn von vorne über die Schultern,
zog sie einen Schritt von der Mauer weg und
stellte sich hinter sie.

Katharina erstarrte.

Sein Atem in ihrem Nacken jagte ihr einen
kalten Schauer durch den Körper. Er packte
ihre Hände und zog sie zu sich nach hinten.

Katharina folgte seinen stummen
Anweisungen, ließ ihr T-Shirt los und senkte

84

ihre Hände Richtung Boden.

Sie zuckte erneut zusammen, als sie seine Berührung auf ihrem Schlüsselbein spürte. Sanft streifte er die Teile ihres T-Shirts von ihrer Haut.

*Bin ich daran schuld? Bin ich selbst daran schuld, hier zu sein? Warum bin ich nur allein auf die Toilette gegangen?*

Eine einzelne Träne bahnte sich ihren Weg nach unten. Langsam, ganz langsam strich er mit seinem Handrücken über ihre Wange und wischte die Träne weg.

# 13

Mateo fuhr den steinigen Weg zur Finca hinauf. Schon nach der letzten Kurve sah er seinen Vater draußen bei den Zitronenbäumen stehen. Franco drehte sich nicht zu ihm um, sammelte weiter die Zitronen vom Boden auf und warf sie in einen Kübel.

*Vater macht aus den Zitronen sicher einen Schnaps. Ob er mit mir anstößt, wenn er die guten Neuigkeiten erfährt?*

»Padre, es ist endlich da«, sprach Mateo, als er bei ihm ankam.

»Was ist es?«, sagte Franco, ohne Mateo nur eines Blickes zu würdigen.

»Ein Mädchen. Sie wird den Namen Rosalie tragen.«

Im ersten Moment reagierte sein Vater gar nicht. Er stand einfach nur da und starrte an Mateo vorbei. Sekunden der Stille, die wie Stunden schienen. Mateo strahlte seinen Vater an.

Francos Gesichtszüge versteinerten, nur seine Augen fingen an zu funkeln. Er wandte sich ab und entzog sich somit den Blicken seines Sohnes. »Was habe ich dir gesagt über

86

Mädchen? Du bist ein Versager. Genauso wie Valeria. Die kam hier auch an und glaubte, dass sie die Größte wäre mit ihrem weiblichen Balg im Arm. Aber sie bekam, was sie verdiente. Und die andere Göre ... Wenn deine Mutter nicht gewesen wäre, ich hätte euch alle erschlagen.« Während er das sagte, drehte er sich zu Mateo um und kam mit jedem Wort näher an ihn heran.

Mateo roch seinen Atem, der nach Alkohol stank. Erst jetzt bemerkte er die Schnapsflasche, die Franco fest umklammert hielt.

»*Padre,* das mit meiner Schwester Valeria ...«

Die Ohrfeige hallte in seinem Kopf wider, und seine linke Wange pulsierte im Rhythmus des Schmerzes.

»Schweig. Sprich mit mir nicht in so einem Ton. Und nimm diesen Namen nicht mehr in den Mund. Du hast dazu kein Recht. Ich habe es dir verboten!« Sein Vater packte ihn am Kragen und beförderte ihn umgehend zu seinem Van zurück. Er drückte ihn mit voller Wucht gegen die Beifahrertür.

Mateo schluckte, als er die Finger an seiner Kehle spürte, die sich immer fester in seinen

Hals krallten. Mateos Schädel pochte, und die Schmerzen breiteten sich in seinem Hinterkopf aus.

Franco hob die andere Hand, in der er noch immer die Schnapsflasche hielt, und deutete mit dem Zeigefinger auf ihn. »Und eines gebe ich dir noch mit auf den Weg. Komm hier nie wieder her ohne die Nachricht, dass du mir endlich einen Enkelsohn schenkst. Wenn das nicht bald passiert, versaufe und verhure ich die Finca deiner Mutter, und dann hast du gar nichts mehr. Habe ich mich klar und deutlich ausgedrückt?«

Mateo nickte. Die Pranke seines Vaters ließ ihm nicht viel Bewegungsspielraum.

Sein Vater lockerte den Griff, und Mateo wand sich aus seinen Fängen. Er rannte um sein Auto herum und riss die Fahrertür auf.

Franco spazierte in aller Seelenruhe zurück zum Haus. So als wäre das alles nicht passiert. Auf diesem kurzen Stück genehmigte er sich einen großen Schluck aus seiner Schnapsflasche.

Noch nach Luft ringend startete Mateo den Motor seines Wagens und fuhr vom Grundstück.

*Vater, wird es jemals anders sein? Werde ich*

*dich jemals glücklich machen können? Du bist mehr mit deinem Alkohol verheiratet, als du es jemals mit meiner Mutter warst.*

Vor der ersten Kurve schaute er in den Rückspiegel. Sein Vater war bereits im Haus verschwunden.

Mateo dachte an seine Schwestern. Delores war mit achtzehn Jahren ausgezogen und hatte den Kontakt zu ihrem Vater vollständig abgebrochen. Sie wollte mit diesem frauenhassenden Mann nicht länger unter einem Dach leben. Nur Valeria mit ihrer Tochter war noch auf Gran Canaria.

*Valeria, ich werde dich bald wieder besuchen kommen. Sehr bald. Ich verspreche es dir.*

Mateo hörte das Blut in seinen Ohren rauschen, so stark waren seine Kopfschmerzen.

# 14

»Ich habe dir doch gesagt, die können uns nichts nachweisen«, sagte David zu Jan und grinste hämisch. »Und das mit den Drogen ist hier auf Gran Canaria kein großes Ding. An jeder Ecke kannst du hier Hasch kaufen, ohne Probleme. Komm jetzt endlich. Lass uns hier abhauen!« Er hüpfte die drei Stufen vor dem Polizeirevier hinunter auf die Straße.

Jan folgte widerwillig. »Denkst du ... also ich meine, denkst du, Kathi lebt noch?«

»Ehrlich? Es ist mir egal. Wir haben hier einen Auftrag zu erledigen. Komm mir nicht mit deiner Gefühlsduselei.« David griff in seine Hosentasche und zog sein Handy heraus. Er tippte die Nummer ein, die er bereits auswendig kannte. »Hallo? Ja, wir sind wieder frei. Wann treffen wir uns?« David hörte der Stimme am anderen Ende der Leitung zu und antwortete: »In zwei Stunden am Strand unten. Gleicher Ort wie letztens. Alles klar.« Dann sagte er zu Jan: »Wir müssen uns beeilen. Dort drüben ist eine Bushaltestelle.«

Sie überquerten die Straße und schauten gemeinsam den Fahrplan an.

David sah auf seine Uhr. »Der Bus kommt in zehn Minuten. Haben sie dich auch befragt wegen der toten Frau am Strand?«

Jan nickte nur schweigend. Er kickte einen Stein, der auf dem Bürgersteig lag, auf die Straße, wo er auf dem Mittelstreifen zum Liegen kam.

Nach der holprigen Busfahrt und vielen Haltestellen gingen Jan und David im warmen Sand dem Ort entgegen, an dem bereits zwei Personen in der Abenddämmerung auf sie warteten.

# 15

Sarah steckte sich die letzte Gamba in den Mund und sah auf das offene Meer hinaus. Das Restaurant, in dem sie saßen, lag direkt an der Bucht. Sie beobachtete einige Fischer, die mit ihren Booten hinausfuhren. Die tief stehende Sonne spiegelte sich auf der Wasseroberfläche wider. Einige Surfer am nahe gelegenen Strand schwangen sich auf ihre Bretter und paddelten den hohen Wellen entgegen.

Als sie heute Norbert gefragt hatte, ob er mit ihnen beiden mit zum Abendessen kommen würde, hatte er gemeint, dass er Kopfschmerzen habe und sich lieber hinlege. Mit einem frechen Grinsen hatte er hinzugefügt, dass Sarah doch allein mit Carlos essen gehen solle.

Ihr Blick wanderte weiter und blieb an Carlos hängen, der ihr direkt gegenübersaß. Sein grauer Haaransatz und dazu sein südländischer Teint hatten auf sie eine äußerst anziehende Wirkung. Die kleinen Lachfältchen, die sich um seinen Mund bildeten. Das spitzbübische Lächeln von ihm gefiel ihr besonders gut.

*Wie kann ich bloß jetzt darüber nachdenken?*

*Ich bin hier nicht im Urlaub, und er ist kein Urlaubsflirt! Ich werde bestimmt nichts mit einem Mann anfangen, der zwanzig Jahre älter ist als ich. Der vermutlich jeder jungen Frau schöne Augen macht.*

»… und was sagst du zu dieser Neuigkeit?«, meinte Carlos und schaute sie mit fragendem Blick an.

Sarah schreckte auf.

*War ich mit meinen Gedanken so weit weg, dass ich seine Stimme nicht gehört habe?*

Ihr wurde ganz heiß im Kopf, und das breite Grinsen von Carlos bestätigte ihr, dass auch er mitbekommen hatte, dass sie gedanklich weit entfernt gewesen war.

Sie räusperte sich und sagte: »Ich dachte … ähm … an Katharina. Ob sie noch lebt. Ich hoffe es.« Verlegen richtete sie ihren Blick auf den leeren Teller vor ihr und malte mit ihrem Zeigefinger kleine Kreise auf die Tischplatte.

Carlos brach in schallendes Gelächter aus.

»Sarah, das soll ich dir glauben?«, sagte er und legte seine Hand auf ihre. »Dieser verträumte Blick von dir? Und dieses zufriedene Lächeln in deinem Gesicht? Fast schon so, als wärst du … verliebt.« Er hob ihr Kinn mit seiner anderen Hand leicht an, sodass sich ihre Blicke trafen.

Es war wieder in seinen Augen zu sehen – dieses Funkeln, das sie schon bei ihrem ersten Aufeinandertreffen bemerkt hatte. Und dieses Lächeln von ihm. Ein heißer Schwall durchfuhr jede Faser ihres Körpers. Sie hasste sich selbst dafür, dass ihr Körper so auf ihn reagierte, ohne dass ihr Hirn es ihm befahl. Sie nahm einen tiefen Atemzug, um sich wieder zu beruhigen, und sagte: »Es ist schön hier, findest du nicht?«

In diesem Moment klingelte Sarahs Telefon, das auf dem Tisch lag. Sie schaute auf das Display und sah den Namen »Sascha« aufleuchten. Sarahs Hände begannen leicht zu zittern. Die Wärme, die nur Sekunden zuvor ihren Körper durchflutet hatte, verwandelte sich blitzartig in Eis, das ihr Blut fast gefrieren ließ.

*Warum nur ruft der Idiot noch immer bei mir an? War es nicht deutlich genug, als seine gepackten Koffer vor meiner Tür standen?*

»Du kannst ruhig rangehen«, sagte Carlos und schaute ebenso auf das blinkende Handy.

Sarah schüttelte den Kopf und drückte das rote Symbol, um den Anruf abzulehnen. »Ich habe mit ihm nichts mehr zu bereden.«

»Ich verstehe. Du willst nicht mit mir

darüber sprechen. Noch nicht jedenfalls.« Carlos wandte seinen Blick von ihrem Handy ab, dessen Display mittlerweile schwarz geworden war, atmete tief durch und sagte: »Nun gut, ich habe dir vorhin erzählt, dass vor fast einem Jahr schon mal ein Mädchen entführt wurde. Sie heißt Melodia Hernandez Ruiz. Ein Mädchen aus einem kleinen Ort namens Las Cuevas, in der Nähe von Artenara. Sie war erst siebzehn. Obwohl wir intensiv nach ihr gesucht haben, blieb sie spurlos verschwunden.«

»Wurde Melodia auch an einem öffentlichen Ort entführt?«

»Ja, es geschah beim Fest des Zweiges in Agaete, das ist hier ein altes Ritual. Die Leute ziehen durch die Straßen und halten Zweige in die Luft, bis sie beim Hafen angekommen sind. Dort werden diese Zweige ins Meer geschlagen. Sie bitten um Regen für eine gute Ernte. Die Straßen sind bei solchen Festen immer voller Menschen. Und da ist es passiert, dass Melodia von einer Sekunde auf die nächste verschwunden ist. Also, was denkst du darüber? Wurden Melodia und Katharina von derselben Person entführt?« Seine warmen Finger ruhten weiter auf ihrer Hand.

Das Läuten von Carlos' Handy unterbrach ihre Unterhaltung, und er nahm das Gespräch entgegen.

»*Digame*[24].« Carlos' Züge veränderten sich. Das Lächeln verschwand völlig aus seinem Gesicht. »Wir kommen sofort!« Er sprang auf, ohne ein weiteres Wort zu sagen, schmiss zwanzig Euro auf den Tisch und schnappte Sarah bei der Hand. Das Handy hatte er noch am Ohr.

»Carlos? Was ist los? Wo gehen wir hin?« Sarah stolperte beinahe, als Carlos sie aus dem Restaurant zog.

»Jans Leiche wurde gerade eben am Strand gefunden«, sagte er. »Und David ist verschwunden. Ich denke, David hat etwas mit der Entführung von Katharina zu tun, mit dem Mord an dem Mädchen und auch mit dem Mord an Jan. Vielleicht wollte Jan alles ausplaudern und musste deshalb sterben. Er kam mir beim Verhör sehr nervös vor.«

Nach einer kurzen Fahrtzeit erreichten sie den Strand. Währenddessen hatte Sarah Norbert Richter über die Freisprecheinrichtung in Carlos' Auto informiert, ihn auf den neuesten Stand gebracht und ihn gebeten, ebenfalls zum

24    Sagen Sie mir. Hier gemeint: Ja, bitte

Strand von Playa del Inglés zu kommen.

Die Abenddämmerung brach herein, und die Sonne färbte den Himmel in ein orangerotes Gemälde. Sarah betrachtete dieses Naturschauspiel durch das Autofenster, während Carlos langsam durch den Sand zum Tatort fuhr. Das Meer spiegelte die Farben der untergehenden Sonne wider. Eine Wolke schob sich vor die Sonne und bedeckte sie zur Hälfte. Das Meer wurde zweigeteilt. Einerseits sah man das kräftige Rot der Sonne, und auf der anderen Seite wurde die See in ein fast schwarzes Blau getaucht. Die Wellen rauschten an den Strand, und die Flut brachte das Wasser zurück.

Carlos parkte das Auto im Sand direkt vor der abgesperrten Zone. Sarah sah Norbert bereits bei den Dünen stehen und warten. Als die beiden aus dem Auto ausstiegen, kam er auf sie zu.

»Ich bin froh, dass ihr da seid. Was ist hier passiert? Warum wurde er umgebracht?« Norbert deutete auf den geschändeten, blutverschmierten Körper, der im dunklen Sand lag.

Eine klaffende Schusswunde verunstaltete Jans Stirn. Sein Gesicht wies Blessuren auf, die eindeutig von einer Schlägerei stammten. Eine eingetrocknete Blutspur zog sich von seiner Nasenöffnung bis zu seinem Kinn. Die Knöchel an der rechten Hand waren stark gerötet und aufgescheuert. Anscheinend hatte er sich gegen seinen Angreifer heftig gewehrt.

»Wie schon am Telefon gesagt, ich weiß nichts Genaues. Lasst mich mal mit meinen Kollegen reden.« Carlos wandte sich an die Uniformierten, die ein paar Schritte entfernt von ihnen standen.

»Und wo ist dieser David?«, fragte Norbert und drehte sich zu Sarah.

»Das weiß ich nicht«, sagte sie. »Carlos hat eine Fahndung nach ihm einleiten lassen.«

Norbert schaute sie an.

Sarah überlegte. Dieser Blick von ihm kam ihr bekannt vor. Erst Stunden zuvor bei dem Verhör von David hatte er den gleichen Blick aufgesetzt, als der Name von Davids Halbbruder genannt worden war. Sie sagte: »Norbert? Was verschweigst du mir? Was weißt du über David und seinen Halbbruder?«

»Über David nur das, was du auch weißt ...« Norbert seufzte.

»Jetzt lass dir doch nicht alles aus der Nase ziehen! Erzähl es mir! Was weißt du? Es ist sicher wichtig, sonst würdest du nicht so ein großes Geheimnis daraus machen. Willst du, dass noch mehr Leute sterben und verschwinden, nur weil du nichts gesagt hast?« Sarah schaute ihm direkt in die Augen, bis er wegsah.

»Um was geht es hier denn?«, fragte Carlos, der sich gerade zu ihnen stellte. »Was sollst du erzählen, Norbert?«

# 16

Seit Melodia nicht mehr hier war, hatte sich einiges verändert.

Katharinas Hände und Füße waren eiskalt. Die einzige Bekleidung, die ihr noch geblieben war, waren ihr Slip und ein übergroßes Hemd, von dem sie anfangs gedacht hatte, es wäre eine Decke. Ihre Schuhe hatte sie wohl bereits bei der Entführung verloren.

Wieder einer dieser schrecklichen Momente der Ungewissheit. Jedes Mal, wenn sie das Klicken des Schlosses hörte, hielt sie den Atem an.

Welcher Kerl kam nun in den Raum? War es der eine, der sie schlug und beschimpfte, oder war es der andere, der ihr Essen brachte, ihr Haar bürstete und sie mit sanftem Summen zu beruhigen versuchte?

Hörbar sprang der Riegel aus seiner Verankerung.

Ein Klicken.

Die Tür flog auf und knallte gegen die Felsmauer.

Katharina saß in einer Ecke des kleinen Raumes und hob schützend die Hände vor ihr

Gesicht. Sie zog die Knie ganz fest an den Körper heran. Die dunkle Gestalt stürmte auf sie zu.

Er beugte sich über sie. Er war ihr so nah, dass sie seinen penetranten Körpergeruch wahrnahm und den Gestank nach Alkohol.

Sie blinzelte. Ihre Augen, die sich bereits an die Dunkelheit gewöhnt hatten, tränten.

Direkt neben ihrem Ohr vernahm sie ein Rascheln.

Er umgriff mit einer Hand ihre beiden Handgelenke und drückte sie Richtung Boden. Mit der anderen Hand versuchte er, ihr etwas Kratziges über den Kopf zu stülpen.

Im letzten Augenblick bäumte sie sich auf und zog ihren Kopf nach hinten.

Er ließ ihre Handgelenke los.

Sie schüttelte sich wie wild, drehte sich auf die Seite und versuchte aufzustehen. »Nein!«, schrie sie, ballte ihre Hände zu Fäusten und hämmerte kniend mit aller Kraft auf ihn ein. Sie traf ihn mehrmals in den Bauch.

Sekundenlang hielt er inne.

»Nein!« Wieder brüllte Katharina ihm das entgegen. Sie hielt ihren Atem an und wartete auf den Moment seines nächsten Angriffes.

Bevor ihre Fausthiebe seinen Oberkörper

erneut treffen konnten, packte er sie an den Haaren und riss sie in die Höhe. Dann schleuderte er sie mit voller Wucht auf den Boden zurück.

Katharina schrie auf. Ein greller Schmerz durchfuhr ihr Knie, das als Erstes auf dem Boden aufkam.

Er hielt sie an den Haaren fest und zerrte so lange an ihr, bis sie auf allen vieren auf dem Boden kauerte. Dann riss er ihr den Slip vom Leib, packte sie mit seiner rechten Hand an der Hüfte und drang in sie ein.

Ein sengendes Feuer brannte sich durch ihren Unterleib. Einen Moment lang war ihre Atmung wie gelähmt.

Mit aller Kraft bäumte sie sich auf und versuchte, sich ihm zu entwinden. Doch je mehr sie sich wehrte, umso härter wurden seine Stöße. Mit beiden Händen umklammerte er ihr Becken und drang immer tiefer in sie ein. Trotz dieser Pein, die sie ertragen musste, war ihr Überlebenswille stärker als der Schmerz. Sie streckte ihre linke Hand aus, um sich auf dem unebenen Boden nach vorne zu ziehen. Ihr Oberkörper neigte sich nach unten. Genau in diesem Moment stieß er wieder zu. Wie ein Messerstich durchbohrte es ihren Unterleib und ließ sie augenblicklich erstarren. Etwas Warmes lief ihr über die Oberschenkel.

Sie schrie sich die Seele aus dem Leib. »Nein!«, brüllte sie. »Hör auf!«

Plötzlich hielt er inne.

Sie bewegte sich nicht. Ihr Körper war nur noch eine leblose Hülle, aus der ihr Geist geflohen war und sie in eine andere Welt gezogen hatte. Weit weg von diesem schwarzen Loch. Zu der grünen Wiese am Baggersee. Dort schwebte sie oberhalb der blaurot karierten Decke, die im Gras lag. Sie sah sich selbst dort unten sitzen, mit ihren Eltern. Papa fütterte Mama gerade mit einer Weintraube. Jetzt lachten alle drei.

Erst als sie das Klicken der Türverriegelung hörte, kehrte sie wieder in ihren Körper zurück.

Gefangen in der Dunkelheit.

Vergewaltigt, erniedrigt und alleingelassen. Wie ein kaputtes Spielzeug in die Ecke geschmissen.

# 17

»Wo soll ich bloß anfangen?«, fragte Norbert.

»Am Anfang wäre nett«, antwortete Carlos schroff.

Er, Norbert und Sarah gingen ein paar Schritte vom Tatort weg.

»Als Kathi ein Mädchen war ...«, begann Norbert. »Sie war erst zehn Jahre alt, als das ...«

»*Por favor*[25], was ist passiert?«, unterbrach ihn Carlos. »Sprich endlich!«

Norbert blickte ihn an, atmete tief durch und erzählte weiter: »Da waren sie und ihre Eltern noch in München. Ihre Eltern waren damals schon erfolgreich in der Textilbranche. Der Vater von Kathi hatte bereits länger die Vermutung, dass in seiner Fabrik jemand mit Drogen dealte. Er kam deswegen zu mir und teilte mir seinen Verdacht mit. Ich sollte am nächsten Tag Überwachungskameras anbringen. Da ich keine Zeit hatte, verschob ich es auf das Wochenende. Versteht ihr? Katharinas Vater kam einen Tag, bevor ...

25    Bitte

104

bevor …« Norbert stockte.

»Bevor was?«, fragte Sarah und ergriff mit ihrer Hand Norberts Unterarm.

»Bevor der Mord geschah. Genau in dieser Nacht war Kathi in der Fabrik, weil der Babysitter krank und auf die Schnelle keine andere Lösung zur Hand war. Kathi spielte im Aufenthaltsraum mit ihren Puppen, als sie Geräusche hörte. Sie dachte, es wären ihre Eltern, und versteckte sich zum Spaß in einem Schrank. Was im Nachhinein betrachtet ein Glück war. Sie schaute durch den Spalt der angelehnten Schranktür. Zwei ihr unbekannte Männer betraten den Raum. Sie stritten sich um eine braune Papiertüte, die der eine in der Hand hielt. Der andere, später eindeutig von Kathi als Oliver Cooper identifiziert, zog eine Waffe und erschoss den Mann, schnappte sich die Papiertüte und flüchtete. Kathi wartete, bis er verschwunden war, rannte zu ihrem Vater ins Büro und erzählte ihm alles. Cooper wurde verhaftet, und Kathi musste vor Gericht aussagen. Ihre Eltern verließen mit ihr München, sie nahmen neue Namen an und begannen ein neues Leben. Außer mir kannten nur wenige ihre neue Identität. Ist wie eine Art Zeugenschutzprogramm. Als ich hörte, wer der

Halbbruder von David ist, habe ich sofort meine Kontakte angerufen, um mich über Coopers Aufenthaltsort zu informieren, ob er vielleicht einen Racheakt geplant hat. Ich befürchte, David wurde von seinem Halbbruder angestiftet, Kathi zu entführen. Wenn ich damals die Kameras gleich angebracht hätte, dann wäre Katharina das alles erspart geblieben.«

»Ich denke nicht, dass die Kameras etwas geändert hätten«, sagte Sarah. »Mach dir keine Vorwürfe deswegen. Warum hast du das nicht schon früher erwähnt?«

»Ich war mir nicht sicher, ob meine Vermutung stimmte. Erst als David und Jan die Polizeistation bereits verlassen hatten, meldete sich der letzte meiner Informanten zurück und ich hatte Gewissheit. Es war zu spät. Jetzt habe ich schon zwei Morde auf dem Gewissen.«

»Ich lasse die Fähren und auch den Flughafen überwachen«, sprach Carlos und zückte sein Handy. »David kommt von hier nicht weg. Ich rufe beim Flughafen an, die sollen die Daten der letzten drei Wochen checken. Nicht, dass sein Halbbruder bereits auf der Insel ist.«

»Das mit den Flugdaten kannst du dir

sparen«, entgegnete Norbert. »Cooper ist noch in Bristol und hat sich in den letzten Wochen regelmäßig mit seinem Bewährungshelfer getroffen. Das habe ich bereits überprüfen lassen. Die Auswertung der Anruflisten seines Handys ergab nicht viel. Er hat einmal vor zwei Wochen für knappe drei Minuten mit David telefoniert. Ist es möglich, dass die beiden in drei Minuten die Entführung besprochen haben? Woher wussten sie, dass Kathi mit ihrer Freundin auf Gran Canaria ist? Wurden die beiden Mädels ausspioniert?«

»Wie kommst du nur an diese ganzen Informationen?«, wollte Carlos wissen. »Das ist doch bestimmt illegal, was du da machst, oder?«

Norbert lächelte. »Illegal … so würde ich das nun nicht nennen. Ich gehe einfach andere Wege, die in diesem Fall wohl oder übel notwendig sind. Und ich wende mich eben an Leute, die mir einen Gefallen schulden. Sei froh, ich nehme dir einen Haufen Arbeit ab.«

# 18

Mateo hatte sich heute den Tag freigenommen. Ein selbstgepflückter Strauß Maiblumen lag auf dem Beifahrersitz. Einen kurzen Moment betrachtete er die Blüten, die ihn schon als Kind durch ihre Farbenvielfalt von rosa bis dunkelviolett fasziniert hatten, dann schaute er wieder auf die Straße. Er war auf dem Weg zu seiner Schwester.

Valeria freute sich sicher über seinen Besuch. Und seine kleine Nichte – ob sie noch das Spielzeug besaß, das er ihr damals geschenkt hatte?

Er fuhr die schmale Straße entlang, die durch den Barranco de Guayadeque führte. Dieser Teil der Insel war einer seiner Lieblingsorte. Vor einigen Tagen hatte es geregnet, und das Naturschauspiel zeigte sich bereits wenig später in den prächtigsten Farben. Angefangen bei dem satten Grün, das die sonst kahlen Felsen verzierte, und die gelben Blüten des kanarischen Ginsters schlossen direkt an den Schöterich an, der den halben Berghang für sich einnahm.

Warum der Ort seinen Namen trug, wurde an

Tagen nach starkem Regen eindrucksvoll durch die Wasserfälle erklärt, die sich am rotbraunen Felsen entlang ihren Weg nach unten bahnten. *Ort des fließenden Wassers.*

Ein paar Kurven weiter oben auf der stark ansteigenden Straße blinkte es blau. Mateo sah einige Polizeiautos am Straßenrand stehen. Ihm wurde mulmig. Obwohl er sich sicher war, nichts verbrochen zu haben, machte ihm die Polizeipräsenz Angst.

Auf diesem Weg konnte er heute seiner Schwester keinen Besuch abstatten. Er fuhr bis zu der Straßensperre, da es aufgrund der engen Fahrbahn keine andere Umkehrmöglichkeit gab. An der Absperrung angekommen ließ er das Fenster hinunter, und der Polizist erklärte ihm, dass hier eine polizeiliche Ermittlung stattfände und er nicht weiterfahren dürfe.

Mateo schaute hoch zur nächsten Kurve, wo einige Uniformierte standen und Fotos und Notizen machten. Gerade wurde mittels einer Bahre eine dunkle Holzkiste zu einem schwarzen Wagen gekarrt. Er konnte seinen Blick nicht von der Holzkiste lösen.

# 19

»Wir müssen in den Barranco de Guayadeque«, sagte Carlos und steckte sein Handy in die Hosentasche. »Das ist ein geschützter Naturpark nicht weit von hier. Wanderer haben heute an einem Weg eine Holzkiste entdeckt, die in einer Höhle steht, und sofort einen Notruf abgesetzt. Die Größe der Kiste entspricht der eines Sarges. Es kam kein Lebenszeichen aus der Kiste, aber wir sollten dennoch hinfahren.«

»Wie kann es denn möglich sein, dass jemand eine so große Holzkiste unbemerkt dort ablädt?«, fragte Norbert.

»Tja, der Wanderweg ist bereits seit vielen Jahren gesperrt. Die Höhle wurde mit Steinen und Ästen verdeckt. Durch die heftigen Regenfälle der letzten Tage wurde davon einiges weggeschwemmt, und somit kam die Holzkiste zum Vorschein.«

\*\*\*

Als sie näher kamen, sah Sarah ein gelbes Absperrband, das im Wind flatterte. Einige Uniformierte hielten die schaulustigen Touristen zurück, die sich in kleinen Gruppen versammelt hatten. Carlos parkte das Auto, stieg aus und ging auf einen Polizisten zu, der anhand seiner Dienstabzeichen der ranghöchste Beamte war. Sarah und Norbert folgten ihm.

Die wenigen spanischen Wörter, die Sarah von dem Gespräch der beiden übersetzen konnte, halfen ihr nicht, zu verstehen, was das Thema der Unterhaltung war.

Sie schlüpfte unter dem Absperrband hindurch, nachdem Carlos dem Beamten zugenickt hatte, und schaute den Trampelpfad hinunter in die Tiefe. Geröll und umgefallene Bäume blockierten Teile des Pfades. Weiter unten zwischen vereinzelten Olivenbäumen und kanarischen Kiefern sah sie einige Polizisten, die an eine Absturzsicherung gekettet waren, um die Holzkiste an dem steilen Hang freizulegen. Steine und blühende Büsche mussten aus dem Weg geräumt werden, um den Abtransport des Sarges zu gewährleisten.

Sarah drehte sich um. Sie war erleichtert, als sie sah, dass Carlos und Norbert ihr folgten.

Nach einem fünfminütigen Abstieg standen die drei vor dem Eingang der Höhle. Sogar Sarah musste sich hinunterbeugen, um einen Blick auf den Holzsarg zu erhaschen. Wasser tropfte im vorderen Teil von der Decke. Die

Höhle bot genug Platz für die Holzkiste, die weiter hinten stand und vollkommen trocken zu sein schien. Sarah ging einen Schritt zurück, um den Beamten, die die Kiste aus ihrem Gefängnis befreien wollten, Platz zu machen. Sie trat auf einen runden Stein, rutschte aus und landete unsanft auf ihrem Hinterteil.

»Alles in Ordnung?« Carlos eilte zu ihr und streckte ihr seine Hand entgegen.

Sarah nickte und stützte sich mit ihrer rechten Hand auf dem Boden auf. Unter ihren Fingern zerbrach etwas. Sie ließ Carlos los, nahm ihre Hand vorsichtig hoch und sah mehrere verdorrte Blüten, fein säuberlich zu einem Strauß gebunden. Sie hob die Blumen auf und reichte sie dem Beamten, der ihr bereits einen Plastikbeutel hinhielt. Dann stand sie mit Carlos' Hilfe auf.

Die Polizisten trugen die Kiste vorsichtig über den schmalen Weg zu einer Bahre, die ein paar Schritte oberhalb auf einer ebenen Stelle stand.

Ein Beamter öffnete mit einer Brechstange den Deckel. Sarah hielt vor Anspannung den Atem an. Das Holz krachte unter der Belastung, und schließlich sprang der Deckel auf und enthüllte das Geheimnis der Kiste.

»O mein Gott! «, stammelte Sarah.

# 20

Stunden später war Carlos mit Sarah und Norbert wieder in der Polizeistation angelangt. Sie saßen gemeinsam in Carlos' Büro und sammelten alle Fakten, die sie bisher hatten.

»Pués[26]«, sprach Carlos. »Die weibliche Leiche am Strand, die vor drei Tagen gefunden wurde, war eine dreiundzwanzigjährige Schwedin namens Lilly Karlsson, die laut ihrer Mitbewohnerin in Playa del Inglés morgens am Strand joggte. Sie wohnte hier auf der Insel seit einem knappen Jahr und arbeitete stundenweise in einer Bar als Kellnerin. Näheres zu ihrer Person haben wir noch nicht. Sie war jedenfalls noch nie bei der Polizei auffällig. Die Eltern wurden informiert und sind auf dem Weg hierher. Möglicherweise bringen sie etwas Licht ins Dunkel.«

»Gut, vielleicht bekommen wir dann Hintergrundinformationen zu ihrer Person und können herausfinden, wer sie umgebracht hat«, sagte Sarah. »Wer war die junge Frau in der Holzkiste?«

»Das war Melodia, das Mädchen, von dem ich

26    Also

dir gestern erzählt habe. Und ihr neugeborenes Baby. Laut Gerichtsmedizin sind sie seit vierundzwanzig Stunden tot. Melodia hat eine große Wunde an ihrem Hinterkopf. Der Gerichtsmediziner meinte außerdem, dass sie noch kurz zu Bewusstsein kam, als sie bereits in der Kiste lag, aber aufgrund der Schwere ihrer Verletzungen an diesen verstarb. Das Baby wurde vor seinem Tod versorgt. Fein säuberlich wurde die Nabelschnur durchtrennt. Es wirkte nicht vernachlässigt. Die Todesursache ist Strangulation durch Fremdeinwirkung. Es wurde mit bloßen Händen erwürgt. Wir werden einen großflächigen DNA-Test veranlassen, um die Vaterschaft zu klären. Wir müssen wissen, wer der Vater von dem Baby ist, dann finden wir auf diesem Weg auch den Entführer und Mörder.«

»Das ist ja widerlich«, sagte Norbert und schüttelte den Kopf. »Wie kann man bloß einem unschuldigen Baby so etwas antun? Von der jungen Frau ganz zu schweigen. Bringt uns die Holzkiste vielleicht weiter in unseren Ermittlungen? Irgendjemand muss diese Kiste doch zusammengeschraubt haben.«

»Wir sind dran«, sagte Carlos. »Die blutigen Kratzspuren an der Innenseite des Deckels

114

stammen von Melodia. Es wurden Holzsplitter an ihren Fingern gefunden. Wer hat sie bloß lebendig darin eingeschlossen? Das ist abscheulich. Der Gerichtsmediziner hat viele Verletzungen an ihr festgestellt. Angefangen bei den Hämatomen, mit denen ihr ganzer Körper übersät war, über gebrochene Rippen und Finger bis hin zu Striemen auf dem Rücken, den Oberschenkeln und den Würgemalen an ihrem Hals. Manche Verletzungen wurden ihr bereits vor längerer Zeit zugefügt, sie sind beinahe ein Jahr alt. Andere noch nicht einmal eine Woche. Und … na ja …« Carlos stockte. Sarah stieß ihn an, und er fuhr fort: »Auch Vergewaltigungsspuren sind erkennbar. Der Täter hat sie unzählige Male brutal missbraucht. Die arme Kleine.«

Norbert atmete tief durch. »Habt ihr etwas Neues von Katharina?«

»Nein, leider nicht«, antwortete Carlos. »Auch bei Jan haben wir keine neuen Erkenntnisse. Aber wir vermuten stark, dass David etwas mit dem Mord an ihm zu tun hat, genauso wie bei der toten Schwedin am Strand. Zu der Zeit, als sie ermordet wurde, waren David und Jan flüchtig und, wie Jan angab, wohl auch vollgepumpt mit Drogen. Und die

Entführung von Katharina – da liegt die Vermutung sehr nahe, dass die beiden auch hierbei ihre Finger im Spiel hatten. Und nach dem, was du erzählt hast, dass Katharina Davids Halbbruder damals ins Gefängnis gebracht hat, verhärtet sich der Verdacht, oder etwa nicht?«

»Außer Vermutungen haben wir gar nichts«, sagte Norbert und stand auf. »Wir stehen immer noch komplett am Anfang. Ich bin hier, um Katharina zu finden. Wann fangen wir endlich mit der Suche an?«

»Und wo möchtest du sie suchen?«, wollte Carlos wissen. »Wir haben keinerlei Anhaltspunkte zu ihrem Aufenthaltsort. Wir wissen nicht einmal, ob sie noch ...«

»Ich will davon nichts hören!« Norbert kehrte den beiden den Rücken zu und verließ den Raum.

# 21

*Es ist wieder so weit.*

Katharina drehte sich um und kehrte der Tür den Rücken zu. Sie sah ihren Schatten, der an der Wand prangte. Still und starr. Der Schatten ihres Peinigers überdeckte ihren und sog ihn völlig in sich auf.

Sie streckte die Hände hinter ihren Rücken. Bereit für die Fesseln. Seit dem ersten Mal, als er sie brutal vergewaltigt hatte, ließ sie alles nur mehr über sich ergehen. Das war der Moment gewesen, in dem er ihren Willen gebrochen hatte.

Jedes Mal, wenn er zur Tür hereinkam ...

Jedes Mal, wenn er sie schlug ...

Jedes Mal, wenn er sich an ihr verging ...

Jedes Mal tauchte sie in eine andere Welt ab und entzog sich ihm.

Der Jutesack, den er ihr über den Kopf stülpte, kratzte schrecklich an ihrem Gesicht, stank vermodert und war feucht. Am liebsten hätte sie ihn sich vom Kopf gerissen. Sie war bei klarem Verstand, aber ihr Körper wehrte sich nicht mehr. Er war beinahe tot. Es brannte in ihrer Seele und zersetzte alles in Schutt und

Asche. Nichts blieb übrig außer einem Häufchen Staub. Vielleicht ein Funken Hoffnung, wenn sie tief genug graben würde.

Er schlang ihr das Seil um die Handgelenke, um es gleich darauf fest zu verknoten, genauso wie bei den letzten Malen. Doch diesmal hielt er inne, strich mit seinem Finger über ihre Haut. Allein diese sanfte Berührung schmerzte, sodass Katharina ein Zischen entfuhr. Sofort erstarrte sie vor Schreck, das hatte sie nicht gewollt.

*Bitte, werde nur nicht böse auf mich. Ich tue alles, was du willst. Bitte, schlag mich nicht wieder.*

Er nahm das Seil von ihren Händen und ließ es auf den Boden fallen. Dann packte er sie an den Schultern und drängte sie aus dem Raum. Sie spürte unter ihren blanken Fußsohlen, wie sich der Untergrund änderte. Nach ein paar Schritten würde sie über die kalten, glatten Fliesen laufen.

Sie wusste, was nun passierte. Gleich würden sie rechts in den Raum gehen, in dem es nach Rosen und Vanille roch. Genau in diesem Moment drehte er sie zur Seite, und der Geruch verstärkte sich. Katharina folgte seinen Aufforderungen. Sie gehorchte, weil sie überleben wollte.

Mit den Zehenspitzen berührte sie den Rand der Metallwanne, deren Inhalt wohlriechende, feuchtwarme Luft verströmte. Er verstärkte den Druck auf ihre Schultern, dann ließ er von ihnen ab und öffnete den ersten Knopf an ihrem Hemd. Sie zuckte zurück. Doch bevor er wieder mit Schlägen darauf reagieren konnte, wie es schon einige Male zuvor geschehen war, besann sie sich und öffnete mit ihren Fingern den nächsten Knopf. Sie zog das Hemd aus, das ihr bis knapp über den Po reichte, und ließ es auf den Boden fallen. Nackt stand sie vor ihm. Scham kam in ihr hoch, obwohl es nicht das erste Mal war, dass er sie so sah. Sie senkte den Kopf und konnte durch die Öffnung des Sackes ihren Körper sehen. Unzählige blaue Flecken und tiefe Schürfwunden zogen sich von ihren Füßen bis hoch zur Brust.

Sie hörte seinen Atem. Er stand nur Zentimeter von ihr entfernt. Sie spürte seine Blicke auf ihrer Haut. Es fühlte sich an wie eine Ewigkeit, bis er ihr endlich auf den Oberschenkel tippte.

Sie hob ihren Fuß an, er umfasste ihn, hob ihn höher und stellte ihn sanft in das warme Wasser. Katharina streckte bereits die Hand nach ihm aus, denn als Nächstes würde er sie stützen, um sie sicher in die Wanne zu geleiten. Kurz darauf stand sie mit beiden Beinen im Wasser, das sich warm um ihre Füße zu schlängeln begann. Das Geräusch des eintauchenden Schwammes wurde von den Wellen begleitet, die gegen ihre Waden wippten. Der mit Wasser gefüllte Schwamm, den er über ihre Füße gleiten ließ, hinterließ bei ihr trotz der Wärme eine Gänsehaut. Ihre Hände verschränkte sie auf dem Rücken. Genauso als wären sie mit dem Seil gefesselt.

Katharina hoffte, dass heute ein guter Tag war und der andere Mann nicht auftauchte. Sie hoffte, dass er sie genauso wie das letzte Mal nur wusch und ihr die Haare kämmte.

Sanft ließ er das Wasser an ihrem Oberkörper hinunterrinnen. Ihr Rücken schmerzte bei jeder Berührung. Die unzähligen Hiebe mit dem Gürtel – von dem anderen Kerl – hatten tiefe Wunden verursacht. In den wenigen Stunden, in denen sie schlief, konnte sie sich nicht auf den Rücken legen. Zu groß waren die Schmerzen.

Langsam, ganz langsam seifte er ihren Körper ein. Zentimeter für Zentimeter. Er drehte und wendete sie, wie er es brauchte.

Katharina folgte und verharrte anschließend in der von ihm gewünschten Position. Er nahm ihre rechte Hand und zog sie in die Höhe. Dort hielt Katharina sie in der Schwebe.

Das Wasser aus dem Schwamm floss ihren Arm hinunter. Nun stemmte er auch die linke Hand in die Höhe. Er stand direkt vor ihr. Katharina erkannte ihn durch den Jutesack nur schemenhaft. Er tippte auf ihren Oberarm, und sie ließ ihre Hände sinken. Aber all das Wasser, das er ihren Körper hinunterlaufen ließ, wusch den Schmutz nicht ab, denn sie an sich kleben fühlte.

Er drehte sie um, sodass sie mit dem Rücken zu ihm stand, und nahm ihr den Sack vom Kopf. Katharina blinzelte. Sie wagte es nicht, sich zu bewegen, geschweige denn sich umzudrehen. Warmes Wasser floss über ihren Kopf, und gleich darauf folgte das Shampoo, das nach Kokos roch und das er ihr sanft ins Haar einmassierte. Sie stand da und starrte die weißen Fliesen an der Wand an. Er zog ihren Kopf behutsam in den Nacken, und sie blickte an die Decke des Raumes, die nur aus nacktem Fels zu bestehen schien. Vermutlich genauso wie der Boden in ihrem Gefängnis. Aus den Augenwinkeln heraus sah sie ein Kreuz in der

Ecke hängen. Übergroß prangte Jesus darauf.

Wieder ergoss sich warmes Wasser über ihre Haare. Er stellte den Eimer, der dem Geräusch nach zu urteilen aus Metall war, auf dem Fliesenboden ab. Katharina atmete ganz flach.

Das Wasser bildete einen Strudel und verschwand gurgelnd im Abfluss.

*Bald ist es vorüber.*

Zuerst trocknete er ihre Haare ab, dann ihren Körper. Das Handtuch, das er benutzte, kratzte auf ihrer Haut. Er hielt ihr mit seiner flachen Hand die Augen zu, drehte sie wieder zu sich und geleitete sie aus der Wanne hinaus. Er drehte sie wieder von sich weg, schlang ihr ein großes, trockenes Handtuch um den Körper und glättete mit einer Bürste ihre blonden Haare.

Es dauerte eine gefühlte Ewigkeit, bis sie hörte, dass er die Bürste beiseitelegte. Im nächsten Moment wurde es wieder dunkel vor ihren Augen. Er band ihr eine Augenbinde um und befestigte diese mit einem straffen Knoten an ihrem Hinterkopf. Dann drehte er sie wieder zu sich herum und drückte ihr etwas Flauschiges in die Hände. Nach kurzem Ertasten begriff sie, dass dies ein frisches Hemd sein musste, das sie anziehen sollte. Sie erfühlte mit den Fingern die Knopfleiste, öffnete die

Knöpfe und schlüpfte mit ihren Händen in die Ärmel hinein.

Als sie den ersten Knopf schließen wollte, fasste er an ihre Handgelenke. Sie hielt in ihrer Bewegung inne. Ihr Atem stockte.

Sie dachte an das letzte Mal, als er sie gewaschen hatte. Nach dem Anziehen hatte er sie in ihr Verlies gebracht. Doch diesmal? Was hatte er vor?

Sein Griff verstärkte sich, und ihre Handgelenke brannten wie Feuer, waren sie doch schon aufgescheuert genug von den zu eng sitzenden Fesseln, die er ihr zuweilen anlegte.

Ein leises Zischen entfuhr ihr.

Er lockerte seine Finger, umklammerte mit einer Hand ihren Unterarm und zog sie aus dem Waschbereich. Sie zögerte im ersten Moment, folgte ihm dann doch. Ihr Herz pochte wie wild.

Unter ihren Fußsohlen änderte sich die Bodenart von kalt und glatt zu flauschig und warm.

*Wird er mich jetzt auch wegbringen? So wie Melodia?*

Abrupt blieb er stehen, drehte sie und ergriff sie an den Schultern. An ihren Waden nahm sie etwas Kaltes und Hartes wahr, an ihren Kniekehlen spürte sie etwas Weiches.

Er drückte sie nach unten, und sie setzte sich auf das Weiche. Das musste wohl eine Matratze sein. Er gab ihrem Oberkörper einen Schubs, sodass sie zum Liegen kam. Das offene Hemd, das sie trug, legte sich links und rechts neben ihren sonst nackten Körper. Trotz der Binde schloss sie die Augen. Sie zitterte am ganzen Leib, obwohl dieser Raum eine angenehme Zimmertemperatur hatte.

Ihre Hände waren frei, doch wie versteinert, fest an ihren Körper gepresst. Zu groß war ihre Furcht, sich ihm zu widersetzen.

Er berührte sie knapp unterhalb ihrer Brüste, und sie stieß einen leisen Schrei aus.

»*Todo bien*«, flüsterte er und strich ihr über die Wange. Sein Gesicht war ihrem nahe. Sein Atem aus Pfefferminze umnebelte sie.

Vorsichtig ließ er seine Hand von ihrer Wange über ihren Hals gleiten. Er berührte jeden Zentimeter ihres Körpers.

Katharina presste ihre Augen fest zusammen und verschloss ihren Mund mit aller Kraft. Kein Laut sollte über ihre Lippen kommen. Sie versuchte, in andere Welten einzutauchen. Sich wieder forttragen zu lassen. Doch es gelang ihr nicht. Ihr Körper und ihre Seele blieben vereint.

Er liebkoste ihre Haut, bis sie aufhörte zu

zittern, und drang dann in sie ein.

Die unzähligen Vergewaltigungen hatten Spuren hinterlassen. Obwohl er versuchte, zärtlich zu sein, schmerzte es Katharina und sie schluchzte.

Er murmelte etwas Unverständliches. Vielleicht waren es sogar Liebesschwüre, die er ihr leise ins Ohr hauchte.

# 22

»Stell dir vor, ich habe gerade erfahren, dass diese Schwedin eine Drogendealerin war«, posaunte Carlos heraus, als er Sarahs verschlafenes »Hallo« am anderen Ende des Telefons hörte. »Allerdings nur ein ganz kleiner Fisch.«

Sehnsucht war zu milde ausgedrückt für das, was er empfand.

Vor vier Tagen waren Sarah und Norbert wieder zurück nach Deutschland geflogen. Die Chefetage hatte sie vorläufig von dem Fall abgezogen, da einerseits keine neuen Erkenntnisse zum Verbleib von Katharina erbracht worden waren und andererseits die beiden ebenso dringend in Deutschland gebraucht wurden. Die Zuständigkeit in dem Vermisstenfall hatte man vollständig den kanarischen Behörden übergeben. Norbert hatte zwar einige Gespräche mit seinem Vorgesetzten geführt, allerdings ohne Erfolg.

Der Abschied von Sarah am Flughafen war Carlos überraschend schwergefallen. Zwei Wochen lang hatte er mit ihr fast jede Minute des Tages verbracht. Und manchmal wünschte er sich, dass es auch in der Nacht so gewesen wäre. Vielleicht war es etwas Magisches, was ihn mit ihr verband. Seit dem Zeitpunkt, als er das erste Mal mit ihr telefoniert hatte, musste er ständig an sie denken. Allein ihre Stimme erinnerte ihn an schöne Zeiten. Erinnerte ihn an Vergangenes, das nicht mehr zurückkam.

Sarah zu küssen, sie in den Arm zu nehmen, das war sein größter Wunsch. Die passenden Momente hatte es oft genug gegeben. Doch ihre unnahbare Art hatte ihn davon abgehalten. Carlos wollte nichts überstürzen. Die Angst vor einer Zurückweisung war zu groß. Er war nicht der Casanova, der jede Nacht eine andere hatte. Seit seine Frau Blanca nicht mehr bei ihm war, und das war schon fast sechs Jahre her, hatte er keine andere Frau mehr angesehen. Obwohl Blanca ihm das geraten hatte. Sie hatte es gewollt, er wollte es nicht. Er konnte sie einfach nicht vergessen. Erst als Sarah in sein Leben getreten war, war ihm klar geworden, dass es auch noch andere Frauen gab.

»Was meinst du?«, fragte sie. »Kleiner Fisch? Woher hast du diese Information?«

Während sie sprach, hörte er ein Knarren von Holz und Schritte.

»Die Kollegen in Playa del Inglés fahren jetzt

öfter Streife am Strand«, erzählte er. »Zwei Morde in so kurzer Zeit, das ist nicht gut für den Tourismus, weißt du? Die Urlauber sollen sich durch die hohe Polizeipräsenz sicher fühlen. In der Morgendämmerung, wenn viele Jogger unterwegs sind, wurde eine kleine Gruppe von zwielichtigen Leuten festgenommen. Allesamt Drogendealer. Bei der Durchsuchung der Wohnungen fand man den Ausweis der Schwedin Lilly Karlsson. Daraufhin hat man die Typen mit dem Mordverdacht konfrontiert, und der eine war geständig, sie umgebracht zu haben. Lilly Karlsson verdiente sich ihren Lebensunterhalt hier, neben ihrem Job in der Bar, wohl hauptsächlich mit ... na ja ... Körperlichkeiten und eben kleinen Drogendeals. Sterben musste sie, weil sie das von der hochgenommenen Bande gekaufte Crystal Meth gestreckt und sich somit mehrere Tausend Euro in die eigene Tasche gewirtschaftet hatte. Als die Typen davon erfuhren, vereinbarten sie einen Termin mit der Schwedin unter dem Vorwand, wieder neue Drogen an sie zu verkaufen, und erschossen sie. Mit dem Mord an Jan haben sie laut eigenen Aussagen nichts zu tun. Sie werden noch verhört. Der eine gab den Tipp, dass sich eine neue Gruppe Drogendealer im Süden gebildet hat. Ich bin gerade dabei, das zu überprüfen. Das waren alle Neuigkeiten bisher. Und nun sag! Wie geht es dir, meine Schönheit?«

Carlos lächelte ins Telefon und stellte sich Sarah vor, wie sie kurz nach dem Aufstehen aussah. Die braunen Locken, die kreuz und quer von ihrem Kopf abstanden. Auf der Wange die Knitterfalten vom Kissen. Vielleicht mit Schlafanzug, vielleicht nur leicht bekleidet im T-Shirt, oder doch nackt? Die letzte Vorstellung gefiel ihm am besten, und er grinste über das ganze Gesicht.

»Ähm … gut …« Sarah stockte sekundenlang.

Ein Piepsen, und kurz darauf hörte Carlos das Summen der Kaffeemaschine, die die Bohnen mahlte.

Sarah hatte sich wieder gefasst und fuhr in kühlem Ton fort: »Gibt es etwas Neues von Kathi? Oder habt ihr David gefunden? Vielleicht ist er der Anführer dieser neuen Drogenbande.«

»Das ist gut möglich. Diese Idee hatte ich auch schon. Wie gesagt, ich lasse das gerade überprüfen. Wir haben sonst nichts Neues. Keine Spur von den beiden.«

»Okay, ruf mich an, wenn du Neuigkeiten

hast.«

»*Vale*. Einen schönen Tag wünsche ich dir. Ich vermisse dich.« Carlos hörte ihren Atem in der Leitung, bevor er die Verbindung unterbrach. Zufrieden lächelte er.

Zumindest hatte sie seinen letzten Satz gehört.

# 23

Ganz wohl war Mateo nicht in der Kirche. Er hatte das Gefühl, dass ihn jeder anstarrte. Ein lautes Raunen klang durch die hohe Halle, als die Braut mit ihrem Vater die Kirche betrat. Alle erhoben sich von ihren Sitzen, die Kirche war bis auf den letzten Platz gefüllt. Nicolas hatte er nur kurz gesehen. Er war aufgeregt und musste Hunderte von Händen schütteln.

*So möchte ich einmal heiraten*, dachte sich Mateo und verfolgte die Zeremonie träumerisch.

Nach der Trauung feierten alle gemeinsam in der einzigen Taverne im Ort. Nicolas kam auf ihn zu.

»Wo ist sie denn, deine Traumfrau?«, fragte er. »Wie geht es deinem Sohn?«

»Sie hat mich verlassen.« Mateo unterbrach den Blickkontakt und schaute zu Boden. »Es ist kein Sohn, es ist eine Tochter.«

\*\*\*

Mateo stand vor dem Grab seiner Mutter. Der Friedhof war nur einige Schritte von der Taverne entfernt, wo die Hochzeitsfeierlichkeiten in vollem Gange waren und die Musik laut zu hören war. Zärtlich streichelte er über die kleine Betonplatte in der Wand, auf der ihr Name stand.

Lange war er nicht auf der Hochzeitsfeier geblieben. Die vermeintlichen Blicke der Gäste hatten ihm schwer zu schaffen gemacht. Hier bei Mama ging es ihm um einiges besser.

*Mama, warum bist du gegangen?*

*Warum hast du mich mit ihm allein gelassen?*

*Warum hast du mich nicht mitgenommen?*

Tränen rannen über sein Gesicht. Auch nach zwölf Jahren schmerzte der Gedanke. Er erinnerte sich an die Zeit mit ihr. Er war erst acht Jahre alt gewesen, als seine Mutter plötzlich gestorben war. Sein Vater hatte ihm erzählt, dass sie einen schweren Unfall gehabt hatte und beim Wandern von einer Klippe gestürzt war.

*Ich vermisse dich so sehr.*

Mateo wurde schwindlig, und er setzte sich auf den betonierten Friedhofsweg, der in kleinen Gassen angelegt war. Er war allein. Niemand sonst befand sich am späten Nachmittag hier, kurz vor Sonnenuntergang. Der laue Septemberwind ließ die Palmenblätter auf und nieder sinken.

Diesen Schwindel verspürte er oft. Gefolgt

von den rasenden Kopfschmerzen. Es endete immer damit, dass er sich kaum an die letzten Stunden erinnern konnte.

»12. Juni 2006« stand auf dem Grabstein. Es war ein Montag gewesen, als sein Vater betrunken zu ihm ins Zimmer gestürzt war und ihm laut lallend mitgeteilt hatte, dass seine Mutter tot sei. Mateo solle nun endlich ein Mann sein und sich auch so benehmen.

Mateos Schwester Valeria, alarmiert von dem lauten Geschrei, war in Mateos Zimmer gestürmt, hatte sich schützend vor ihn gestellt und ihren Vater angeschrien, er solle sich gefälligst hinausscheren. Valeria war zu diesem Zeitpunkt achtzehn Jahre alt gewesen und kurz davor, ihr eigenes Leben zu leben. Sie hatte es geschafft, ihren Vater aus dem Zimmer zu befördern, indem sie ihm die Whiskyflasche aus der Hand genommen und diese vor die Tür gestellt hatte. Dann hatte sie sich wieder Mateo zugewandt, der zusammengekauert in einer Ecke gesessen und geweint hatte, und ihm ins Ohr geflüstert: »Wenn ich von hier weggehe, dann nehme ich dich mit. Ich verspreche es dir.«

Aber dieses Versprechen hatte sie nicht gehalten. Sie war weggegangen und hatte Mateo zurückgelassen.

# 24

*Es ist dreiundzwanzig Tage her, seit ich ihn das letzte Mal gesehen habe.*

Sarah saß im Flugzeug auf dem Weg nach Gran Canaria. Norbert hatte ihr zwei Wochen Urlaub gegeben.

Sie schaute auf die Uhr an ihrem Handy. In einer knappen halben Stunde landete das Flugzeug, und kurze Zeit später würde sie ihn wiedersehen. Er hatte ihr vor drei Tagen eine Mail geschrieben, dass sie wieder eine Holzkiste gefunden hätten und sie sofort kommen solle. Allerdings hatte dort auch gestanden, dass er sie vom Flughafen abholen lässt. Über ihr blinkte das Anschnallzeichen auf, und sie lehnte sich zurück.

Eine Dreiviertelstunde später öffnete sich die Schiebetür zum Flughafengebäude. Sarah zog ihren Koffer hinter sich her und schaute sich um, während sie ging.

Sie las die Namen auf den Schildern, die die Männer im Empfangsbereich in den Händen hielten. Doch mitten beim Lesen verdeckte ihr ein bunter Blumenstrauß die Sicht.

»*Hola.* Du dachtest wohl, dass ich dich nicht

selbst abhole, was?« Ein Grinsen machte sich auf Carlos' Gesicht breit.

*Wie sehr habe ich dieses Grinsen vermisst.*

»Hallo, Carlos«, sagte sie und nahm den Blumenstrauß entgegen. »Nein, nein. Ich wusste, dass du persönlich kommst. Gut, was gibt es Neues über den Holzsarg? Was war drinnen?«

Carlos hauchte ihr einen Kuss auf die Wange, nahm ihr den Koffer ab und ging in Richtung Ausgang. Sarah stand da und schaute ihm hinterher. Sanft hielt sie mit ihren Fingern den Kuss auf ihrer Wange fest. Erst als er nicht mehr zu sehen war, setzte sie sich in Bewegung.

Mittlerweile war er bei seinem Auto angelangt, das mitten in der Taxizone parkte. Der Wärter, der den Taxifahrstreifen überwachte, schimpfte bereits, was das Zeug hielt.

Carlos öffnete seelenruhig den Kofferraum und hievte Sarahs Gepäck ins Auto. Danach holte er seinen Polizeiausweis aus der Hosentasche und hielt ihn dem wild gestikulierenden Mann vor die Nase. Der Wärter nickte, lächelte und machte eine wedelnde Bewegung mit seiner Hand.

Sarah stand neben dem Auto und sah dem Geschehen zu. Carlos trat neben sie und öffnete ihr die Autotür. Ihre Blicke trafen sich.

»Du hast mir gefehlt«, flüsterte er.

Sarah setzte sich auf den Beifahrersitz und flüchtete somit aus seinem Blickfeld und aus dem Gespräch.

Er umrundete das Auto auf der Vorderseite, und ihre Augen verfolgten ihn. Er stieg wortlos ein, startete den Wagen und fuhr los.

»In dem Holzsarg fanden wir Knochen«, sagte Carlos nach einer gefühlten Ewigkeit. »Laut Forensik stand diese Kiste schon Jahre dort. Die Skelette stammen von zwei Personen. Eines von einer Frau um die zwanzig und das andere von einem neugeborenen Mädchen. Der Gerichtsmediziner hat das bestätigt. Von wem genau die sterblichen Überreste stammen, wird ein DNA-Test klären. Wir haben die Knochen an ein Kriminaltechniklabor auf dem Festland weitergegeben. Ich hoffe, wir bekommen bald die Ergebnisse.«

»Nur mal so eine Frage: Warum musste ich so dringend kommen? Das hat doch nichts mit Kathi zu tun!« Sarah schaute ihn griesgrämig an.

»Bereust du, dass du hier bist?« Carlos grinste, löste seinen Blick aber nicht von der Straße.

»Ja ... nein ...« Sie schaute aus dem Fenster.

Diese plötzlich einsetzende Hitze, die sich in ihrem Körper ausbreitete, durfte er nicht bemerken. Mit abgewandten Gesicht fuhr sie fort: »Nein, es ist schön hier. Aber was hat das mit Kathi zu tun?«

»Das weiß ich auch noch nicht, aber da muss es eine Verbindung geben. Das habe ich im Gefühl. Es ist schon seltsam, findest du nicht? Beide Frauen mit ihren Babys in einem Holzsarg. Die Fundorte der Leichen lagen nicht weit voneinander entfernt. Die letzte Frau war ein Stück weiter unterhalb begraben. Wieder in so einer Höhle. Wir suchen dort alles ab, obwohl ich hoffe, dass es nicht noch mehr Särge gibt.«

»Vielleicht ist der Mörder der beiden Frauen auch der Vater von den Babys? Das ist wohl die einfachste Schlussfolgerung, oder? Ist hier denn schon einmal so etwas vorgekommen?«

»Nein, bisher noch nie. Die DNA-Reihenuntersuchung haben wir bereits durchgeführt. Es haben auch viele daran teilgenommen, und wir überprüfen jetzt alle gemeldeten infrage kommenden Personen, die sich nicht dem Test unterzogen haben. Ist ja alles auf freiwilliger Basis. Zwingen kann ich keinen ohne konkrete Hinweise auf einen Tatzusammenhang oder einen richterlichen Beschluss. Aber derzeit haben wir noch keinen

Treffer erzielt.«

»Gibt es was Neues von David? Hast du ihn gefunden?«

»David ... nein. David haben wir nicht gefunden. An die neue Drogenbande im Süden kommen wir nicht so einfach ran. Die agieren komplett im Untergrund und sind sehr vorsichtig. Wir wollten einen Ermittler einschleusen, leider ist dieser aufgeflogen und lag Stunden später beim Gerichtsmediziner auf dem Tisch. Wir konnten nicht riskieren, noch mehr Männer zu verlieren, somit haben wir uns zurückgezogen und beschatten die Bande vorläufig erst einmal. Wir müssen warten, bis sie einen Fehler machen. Die sind gut organisiert. Wir sind gerade dabei, allen Hinweisen nachzugehen. Aber es dauert halt, bis wir alle Informationen haben. Ich will den Anführer und nicht die kleinen Dealer, die um ihn herumschwirren. Nur wenn wir den Boss festnageln, werden wir dieser Bande den Garaus machen und auch erfahren, ob David seine Finger mit im Spiel hat.«

Carlos' Telefon läutete. Er nahm das Gespräch entgegen.

Sarah verstand nicht viel.

»*Vale, adiós*[27]«, verabschiedete sich Carlos wenig später.

»Was gibt es für Neuigkeiten?«, fragte Sarah.

»Das war Cristiano. Kannst du dich noch an ihn erinnern? Der junge Kollege, der mir die Akten gebracht hat beim Verhör mit Jan und David? Er arbeitet jetzt mit mir zusammen. Er sagte, die DNA der Knochen aus der letzten Kiste ist ausgewertet. Wir haben sie zwar nicht im Datensystem der Polizei gespeichert, aber einen anderen Treffer erzielt.« Carlos wandte seinen Blick kurz von der Straße ab. Einen Moment blitzte es in seinen Augen, und das spitzbübische Lächeln kam zum Vorschein. »Und du? Hast du mich auch vermisst?«

Sarah rutschte auf dem Beifahrersitz hin und her. »Die Zusammenarbeit mit dir macht mir Spaß. Ist es das, was du hören willst?« Sie verschränkte ihre Arme vor der Brust.

»Du hast mich auch vermisst. Da bin ich mir sicher.«

Sarah zog es vor zu schweigen.

»Na, komm schon, gib es zu«, ließ Carlos nicht locker. »Deine Augen haben gestrahlt, als du mich gesehen hast.«

Sarah funkelte ihn böse an. »So wie jetzt, ja?«

»*Vale,* lassen wir das. Ich kenne die Wahrheit. Und du kennst sie auch. Lass uns nun arbeiten. Wir reden später darüber. Wir haben jetzt eine heiße Spur.«

# 25

Katharina schreckte aus dem Schlaf auf. Zuerst deutete sie die Finger, die sie fest an ihrem Arm packten, noch als einen der vielen Albträume, die sie jede Nacht quälten. Doch ihre Augen waren offen, und dieses Verhalten von ihm verhieß nichts Gutes.

Er zerrte sie von ihrer Schlafstätte auf dem Boden hoch. Kathi hatte Mühe, das Gleichgewicht zu finden, und taumelte. Er drehte sie herum, sodass sie mit dem Rücken zu ihm stand. Jedes Mal, wenn er sie anfasste, erstarrte sie sofort zu Eis.

Er legte seine Hand von hinten um ihren Hals und drückte zu, sodass Katharina keine Luft mehr bekam. Ein trockenes Krächzen entrang sich ihrer Kehle. Trotz des nahenden Erstickungstodes verweigerte ihr Körper jede noch so kleine Bewegung.

Er kam mit seinem Gesicht ganz nah an ihres. Sein Dreitagebart bohrte sich in ihre Wange. Er sog ihren Geruch auf wie ein wildes Tier. Der Gestank von Alkohol und Zitrone war im ganzen Raum präsent.

Sie wagte es nicht, die Muskeln anzuspannen

141

oder ihre Hände in die Höhe zu heben, um sich aus seinem Griff zu befreien.

»¡Eres una puta![28]«, brüllte er Katharina ins Ohr.

Sie zuckte zusammen.

»¡Jodida Puta![29]«

Der Druck, den er mit seiner Hand auf ihren Hals ausübte, verstärkte sich immer mehr. Kathi röchelte heiser. Sie sah Sterne vor den Augen, und ihre Glieder wurden schwach.

*Dieser Schmetterling, der sich auf mein Knie setzte. Er war an der oberen Seite seiner Flügel orangerot, an der unteren violett. Eine schimmernde grüne Linie zog sich den kompletten Rand des Flügels entlang. Papa wollte noch ein Foto machen, aber als er die Kamera zückte, flog der Schmetterling fort. Hinauf in den blauen Himmel. Der Sonne entgegen.*

Er löste seine Hand von ihrem Hals, und sie sackte keuchend auf den Boden. Sekunden später hörte sie dieses pfeifende Geräusch über ihr.

Noch bevor der Gürtel auf ihren Rücken klatschte, noch bevor die Schmerzen in ihre

28      Du bist eine Hure!
29      Verdammte Hure!

Glieder fuhren, füllten sich ihre Augen mit Tränen.

*Gib keinen Mucks von dir. Bewege dich nicht!*

Jede Faser, jeder Muskel in ihrem Körper befahl ihr, weit wegzulaufen. Aufzustehen, sich zu wehren.

Doch ihr Hirn gab keinen dieser Befehle. Jeden Hieb ertrug sie und hoffte, dass es der letzte wäre.

Ihr Geist war mittlerweile aus ihrem Körper entwichen und schwebte über ihr.

Der Körper, den sie sah, zitterte. Sie vernahm ihr leises Wimmern, Bruchteile von Sekunden nach dem Knall des Gürtels.

Er steigerte sich mehr und mehr in seine Wut hinein. Die Peitschenhiebe knallten immer schneller, immer fester auf sie nieder. Auf den Rücken, den Hintern, die Oberschenkel. Ihr Körper spürte keinen Schmerz mehr. Sie kauerte bewegungslos am Boden und wartete auf Erlösung. Wartete auf den Tod.

Einen Augenblick hielt er inne. Katharina atmete erleichtert auf und kehrte zurück.

*Er hat genug!*

Umso mehr erschrak sie, als ihr Peiniger sie an den Hüften packte und sein steifes Glied in ihre wunde Vagina rammte. Mit seiner flachen

143

Hand schlug er ihr im Takt seiner Stöße auf den Hintern. Doch kein Schrei kam über ihre Lippen. Zu groß war die Angst vor dem, was sie erwarten würde, wenn sie sich ihm widersetzte.

Er krallte seine Finger in ihre Hüften und penetrierte sie so hart wie nie zuvor.

Immer schneller wurden seine Bewegungen. Katharina wurde schwindlig, während er ihr den Unterleib zerriss.

*Gleich werde ich tot sein. Bitte, lieber Gott, lass mich einfach sterben. Ich ertrage es nicht mehr. Trag mich fort, so wie den Schmetterling.*

# 26

Es staubte, als Carlos den steinigen Weg mit seinem Geländewagen nach oben fuhr. Sein Auto war das erste, das auf dem Parkplatz vor der Finca ankam. Ihm folgten zwei Streifenwagen, die sich direkt neben ihn auf den kleinen Schotterplatz stellten.

Carlos schaute zu Sarah und sprach: »Du bleibst hinter mir, okay? Ich will nicht, dass dir etwas passiert! Am liebsten wäre mir allerdings, wenn du im Wagen sitzen bleibst.«

»Ich komme ganz sicher mit«, sagte Sarah und stieg aus. »Ich bleibe hinter dir, versprochen.« Sie folgte Carlos zur Finca, dicht hinter ihr vier Polizeibeamte, die bereits ihre Waffen in den Händen hielten.

Ein weißhaariger Mann trat aus der Tür. In seiner rechten Hand hielt er eine halb leere Schnapsflasche. Er stützte sich auf das Geländer der Terrasse und schaute zu Carlos, der am Treppenaufgang auf der ersten Stufe stand.

Sarah blieb in sicherem Abstand hinter den Polizisten, die sich aufgeteilt hatten und positionierten.

»*Buenos días, ¿qué tal? ¿Señor* Franco Juan Álvaro? Entschuldigen Sie die Störung. Ich bin Inspektor Carlos Muñoz Díaz. Ich habe eine Frage: Sie haben zwei Töchter, Delores und Valeria, *verdad*[30]?«

Franco ließ die Brüstung los und torkelte ein paar Schritte auf die Treppe zu. Wieder griff er nach dem sicheren Halt des Geländers. »*Sí,* und weiter? Was wollen Sie hier auf meinem Grund und Boden? Weshalb sind Sie hier und belästigen mich, wenn Sie das eh schon wissen?« Franco setzte die Schnapsflasche an.

»Wir haben eine weibliche Leiche in einem Holzsarg im Barranco gefunden«, sagte Carlos. »Können Sie uns darüber etwas sagen?«

»Nein, kann ich nicht. Und jetzt verschwinden Sie von hier!« Drohend hob er die Flasche in die Höhe und ging einen Schritt auf Carlos zu. Die Polizisten nahmen ihn mit ihren Waffen ins Visier.

Carlos machte eine Handbewegung, und seine Kollegen senkten ihre Pistolen wieder. »*Señor* Álvaro, unsere Ermittlungen haben ergeben, dass diese weibliche Leiche in einem Verwandtschaftsverhältnis zu Ihnen steht. Wir konnten bislang nur von Delores den

30    Richtig?

Aufenthaltsort herausfinden. Wissen Sie, wo Valeria ist?«

»Lasst mich in Ruhe mit diesem Gesindel. Die sind doch zu nichts zu gebrauchen!«, schrie Franco und zog ein Messer aus seiner Hosentasche.

Carlos stieg von dem Treppenaufgang hinunter. Die Polizisten hoben erneut ihre Waffen und richteten sie auf Franco.

»Waffen runter!«, sagte Carlos, in diesem Moment läutete sein Telefon.

Er nahm das Gespräch entgegen und ging einige Schritte vom Haus weg, um in Ruhe telefonieren zu können. »*¿Entonces ya han hablado con Delores? ¿Y con el hijo?*[31]«

Sarah kam näher und schnappte Wortfetzen auf. Sie blickte Carlos fragend an.

»*Vale*«, sagte er und beendete das Gespräch.

»Was ist los? Wer war das am Telefon?«, fragte sie, bekam aber keine Antwort.

Carlos kehrte zur Finca zurück, ging die Stufen hinauf und stellte sich vor Franco, der sich auf das Geländer stützte. Das Messer hatte er fallen lassen, es lag zu seinen Füßen, und die Schnapsflasche drohte ihm aus der Hand zu

---

31    Dann habt ihr schon mit Delores gesprochen? Und mit dem Sohn?

147

rutschen.

*»Mi amigo[32], wo ist Valeria?«*, fragte Carlos. »Wir haben versucht, Ihren Sohn Mateo zu erreichen, derzeit leider ohne Erfolg. Aber wir haben mit Ihrer Tochter Delores gesprochen. Sie sagte, sie habe nichts mehr von Valeria gehört, seitdem sie mit ihrem Baby aus dem Krankenhaus entlassen wurde. Von ihr fehlt seit zehn Jahren jede Spur!«

»K... keine ... Ahnung. Woher soll ich denn wissen, wo sie sich mit ihrem Balg aufhält?« Franco lallte bereits und nahm einen großen Schluck aus der Flasche. Carlos vermutete, dass das wohl nicht die erste Flasche Alkohol war, die Franco heute trank.

»Don Álvaro, wir haben eine Holzkiste gefunden. Darin befanden sich die Überreste einer Ihrer Töchter. Wir sind gerade dabei, anhand von Röntgenaufnahmen ihre genaue Identität zu klären.« Carlos baute sich vor Franco auf. »Sagen Sie mir, wo ist Ihre Tochter Valeria? Wir konnten ihren Aufenthaltsort nicht bestimmen.«

»Verschwindet!« Franco schlug wild um sich und schrie: »Verschwindet von meinem Grundstück!«

32    Mein Freund

148

Carlos wich einen Schritt zurück, um nicht von der Flasche getroffen zu werden. Zwei Beamte gingen auf Franco zu, aber Carlos hob seine Hand und hielt sie zurück. Er wollte ihn nicht festnehmen. Er hatte keine Beweise gegen ihn in der Hand. Noch nicht.

# 27

Das Klicken vom Türschloss ließ Katharina aufhorchen. Sie stand auf und stellte sich mit dem Rücken zur Tür. Ihre Hände ließ sie schlaff an ihrem Körper herunterbaumeln. Genauso wie sie es bereits etliche Male zuvor gemacht hatte. Meist fesselte er sie, manchmal auch nicht.

Doch anstatt dass sich die Tür öffnete und sie das Licht im Rücken hatte, hörte sie Männerstimmen, die sich stritten.

Lautstarkes Gebrüll.

Die Stimmen entfernten sich. Katharina drehte sich um und starrte auf die Tür.

*Kann das wirklich möglich sein?*

Ihr Herz pochte so stark, dass sie das Pulsieren in ihren Ohren hören konnte. Ein Lichtschein fiel durch den schmalen Spalt in den Raum.

*Soll ich es wagen?*

Sie hielt den Atem an und lauschte.

Ein lautes Klirren ertönte.

Wieder Geschrei.

Katharina musste all ihren Mut zusammennehmen, um einen Schritt in

Richtung Tür zu machen. Sie streckte ihre Hände aus, setzte den linken Fuß nach vorne und ging dem schimmernden, hoffnungsvollen Licht entgegen.

Das Holz des Türrahmens fühlte sich rau unter ihren zitternden Händen an. Sie hielt inne. Es war kein Geräusch von außen zu hören.

*Wo sind die beiden bloß hingegangen?*

Sie atmete tief ein. Der Druck auf ihrer Brust ließ sie kaum ihre Lungen mit ausreichend Sauerstoff füllen.

Sie zuckte zusammen, als sie die Stimmen wieder vernahm, die sich erneut lautstark anbrüllten. Wiederum lauschte sie und stellte fest, dass die Streitenden sich nicht in unmittelbarer Nähe zu ihr befanden.

Sie stieß die Tür etwas mehr auf und spähte durch den Spalt hinaus. Sie musste sich auf ihre Atmung konzentrieren. Ihr kam es vor, als würde sie wie ein Elefant tröten. Auf keinen Fall durften die Männer mitbekommen, dass sie die Tür geöffnet hatte.

Der Vorraum war dunkel. Im Zimmer, das links von ihr lag, brannte Licht, und sie konnte einen der Männer erkennen, der mit dem Rücken zu ihr im Türrahmen stand.

Katharina öffnete die Tür noch ein Stück

weiter und ging in die Knie. Sie wollte versuchen, auf allen vieren hier rauszukommen. Langsam schlüpfte sie durch den Spalt hindurch, darauf bedacht, kein Geräusch zu machen.

Sie erstarrte, als sich der Mann, der nur einige Schritte von ihr entfernt stand, bewegte. Vor Schreck hielt sie den Atem an. Er schrie wild gestikulierend auf den anderen Mann ein, den sie nicht sehen konnte.

Ihr ganzer Körper fing zu zittern an, und die Angst lähmte ihre Gliedmaßen. Der Mut, der noch vor Kurzem in ihr aufgeflammt war, schien sie verlassen zu haben.

Was nun? Vorwärts oder rückwärts?

Sie schaute zu dem Mann, der wieder still stand und dem anderen Mann zuhörte, der leise mit ihm sprach. Sie ließ ihren Blick schweifen und entdeckte eine weitere Tür, vielleicht drei Meter vor ihr. Der Schlüssel steckte im Schloss.

Katharinas Ziel war in greifbarer Nähe. Nur noch die linke Hand und den rechten Fuß nach vorne. Das war der Gedanke in ihr, der ihr die Kraft zurückbrachte, ihr Vorhaben in die Tat umzusetzen.

An der Tür angelangt stand sie wie in Zeitlupe auf, den Blick unablässig auf den

Mann gerichtet. Sie griff zum Schlüssel und drehte ihn.

Ihr entfuhr ein Seufzer der Erleichterung.

In diesem Moment ertönte die Türklingel neben ihr.

Durch Katharinas Körper wälzte sich eine Welle des Schocks, die sie versteinern ließ. Durch die Wucht des Schlages auf ihren Hinterkopf zog es ihr den Boden unter den Füßen weg, und sie kam auf etwas Weichem auf.

Sie hörte noch ein leises Wimmern unter ihr, bevor sie ohnmächtig wurde.

# 28

»Wie kommst du überhaupt darauf, dass es Valeria sein könnte?«, fragte Sarah und schaute Carlos an. »Das habe ich noch nicht verstanden.« Sie saßen im Wagen auf Álvaros Grundstück. Die beiden Polizeiautos fuhren gerade vom Schotterparkplatz.

»Franco Juan Álvaro ist ein bekannter Straftäter«, sagte Carlos. »Seine Daten sind im System gespeichert, wegen schwerer Körperverletzung und eines Mordverdachts vor einigen Jahren. Das hat sich allerdings nicht bestätigt. Aber so haben wir zumindest seine DNA. Wir wissen, dass er in einem Verwandtschaftsverhältnis zu dem Leichnam steht. Und der Verdacht liegt nahe, dass es seine Tochter Valeria ist.« Er senkte den Kopf und seufzte, danach sprach er weiter: »Ach, ich weiß auch nicht. Aber das ist die einzige Spur, die wir haben. Ich dachte, vielleicht verrät der alte Kerl uns etwas. Wir müssen wohl eine neue Untersuchung veranlassen. Die DNA von Valerias Mutter ist ebenso im System gespeichert. Man hat ihre Leiche damals obduziert, um ein Fremdverschulden auszuschließen, und dabei auch eine DNA-Probe entnommen. Wir haben alles, was wir für einen Vaterschaftstest brauchen. Vielleicht haben wir ja Glück.«

»Ja, mittlerweile glaube ich auch, dass er etwas mit Valerias Tod zu tun hat«, sagte Sarah.

»Wir können ihm nichts nachweisen. Ich könnte ihn zwar vorläufig festnehmen lassen, aber ich fürchte, das bringt uns im Moment auch nicht weiter.«

»Und seine DNA ist im System gespeichert, hast du gesagt?«

»Ja, das ist sie«, entgegnete Carlos. »Wieso?«

»Lass auch einen Vaterschaftstest mit seiner DNA und der von Valerias Baby machen.«

»Glaubst du, er ist der Vater von Valerias Baby und hat sie deswegen umgebracht?«

»Es wäre gut möglich. Wie hieß seine andere Tochter noch mal? Lass uns sie anrufen, vielleicht können wir wichtige Informationen von ihr erhalten. Und danach werden wir uns seinen Sohn Mateo vornehmen.«

***

Im Polizeirevier angelangt wählte Carlos die Nummer von Delores.

»*Hola*. Mein Name ist Carlos Muñoz Díaz. Ich

bin Inspektor in der Polizeistation Artenara. Ich habe ein paar Fragen zu Ihrer Schwester Valeria. Haben Sie kurz Zeit für mich?«

»Ja, natürlich«, erwiderte Delores. »Ich habe Ihren Kollegen bereits gesagt, dass ich Valeria schon lange nicht mehr gesehen habe. Ich habe seit etlichen Jahren keinen Kontakt mehr zu meiner Familie. Glauben Sie wirklich, dass Sie meine Schwester gefunden haben?« Eine kurze Pause, dann sprach sie nach einem leisen Schluchzen weiter: »Wenn ich nur etwas geahnt hätte, dann wäre ich …«

»Es ist so, dass ich Ihnen das im Moment noch nicht bestätigen kann. Die Laborergebnisse kommen erst morgen.«

»Aber warum rufen Sie mich dann an, wenn Sie sich gar nicht sicher sind?«, wollte Delores wissen.

»Wir sind uns ziemlich sicher, dass es Valeria ist. Wir haben anhand der Knochen, die wir gefunden haben, die DNA analysiert. Wir haben sie durch den Computer laufen lassen, und der Träger dieser DNA ist blutsverwandt mit Ihrem Vater. Seine DNA und die Ihrer Mutter sind im System gespeichert.«

»Oh …« Sie zögerte einen Augenblick, bevor sie fortfuhr: »Ist … ist … ich meine … mein

Vater ...«

»*Señora* Delores, momentan kann ich Ihnen zum genauen Ermittlungsstand keine Angaben machen. *Lo siento.* Wie war Ihr Verhältnis zu Ihrer Schwester?«

»Meine Geschwister und ich hatten kein besonders inniges Verhältnis zueinander. Schon als Kind bekam ich oft von meiner Mutter zu spüren, dass ich kein Wunschkind gewesen war. Und von meinem Vater ... auch. Damals, als Valeria mit ihrer Tochter aus dem Krankenhaus kam, rief sie mich an. Ich wusste bis zu diesem Zeitpunkt nichts von ihrer Schwangerschaft. Unter Tränen flehte sie mich an, sie und ihre Tochter bei mir aufzunehmen. Zuletzt sagte sie, dass sie zu unserem Vater fahren, ihre Sachen packen würde und dann zu mir kommt. Sie ist doch trotz allem meine Schwester. Ich versprach ihr, dass sie bei mir wohnen könnte, so lange sie wollte. Und sie versprach mir, Mateo mitzubringen. Als ich tagelang nichts von ihr gehört habe, rief ich bei meinem Vater zu Hause an. Dieser Schritt war für mich kein leichter. Ich war froh, als ich Mateos Stimme am anderen Ende der Leitung hörte. Er war damals an die zwölf Jahre alt, und er erzählte mir, dass Valeria jetzt ausgezogen sei und es ihm und ihr gutgehe. Ich solle mir keine Sorgen machen, sagte Mateo noch, als er das Gespräch beendete. Ich hätte zurück in die Hölle gemusst, um nachzuforschen, wo Valeria ist. Verstehen Sie? Vielleicht wäre ich da nicht mehr lebend herausgekommen.«

»Mit Mateo werden wir als Nächstes sprechen. Wie ist Ihr Verhältnis zu Ihrem Vater?«

»Mein Vater ist für mich schon vor langer Zeit gestorben. Ich bin, wie Sie sicher wissen, das älteste von drei Kindern. Ich musste früh lernen, dass in den Augen meines Vaters Mädchen und Frauen nichts wert sind. Ich zog in dem Jahr aus, als meine Mutter getötet wurde. Ich konnte meinen Vater nicht mehr … ertragen. Um meine Geschwister tat es mir leid, aber ich war doch selbst fast noch ein Kind. Ich wollte nur weit weg von ihm.«

Carlos schaute in die Akte, die vor ihm lag, und blätterte darin. »Sie sagen, Ihre Mutter wurde getötet? In meinen Unterlagen steht, es war ein tödlicher Unfall. Wie kommen Sie darauf, dass sie getötet wurde? Kennen Sie den Mörder Ihrer Mutter?« Carlos konnte nur den schweren Atem am anderen Ende der Leitung hören. »*Señora* Delores? Wissen Sie etwas über

158

den Tod Ihrer Mutter? Verheimlichen Sie mir etwas?«

Er bekam keine Antwort außer ihrem Schluchzen.

»*Vale,* hat Ihr Vater Sie jemals geschlagen oder misshandelt?«

»Ja, und keiner half mir. Meine Geschwister schauten nur tatenlos zu. Wie sollten sie mir auch helfen? Sie waren doch noch so klein. Wissen Sie, wie oft ich Gott anflehte, mir beizustehen? Nachts allein im Bett, zitternd vor Angst bei jedem Geräusch, das ich ihm Flur hörte? Und meine Mutter schaute weg bei dem, was mein Vater mit mir machte … Aber nach dem Tod meiner Mutter wurde alles noch schlimmer als vorher. Der Alkohol war meines Vaters bester Freund. Ich musste raus aus dieser Hölle.« Sie stockte einen Moment und fuhr mit flüsternder Stimme fort: »Ich … ich kann nicht mehr mit Ihnen sprechen. Mein Mann kommt gerade nach Hause, und er weiß von alldem nichts. Bitte rufen Sie mich nicht mehr an.«

Am anderen Ende klickte es in der Telefonleitung.

Sarah und Carlos sahen sich an.

Carlos hielt den Telefonhörer noch in der

Hand. »*Entonces*[33], lass uns Mateo aufsuchen. Das Restaurant, in dem er arbeitet, ist nur ein paar Straßen entfernt.«

»Kommt dir die Aussage von Delores nicht auch merkwürdig vor? Ich meine, auf die Frage nach den Misshandlungen? Wieso hat sie denn nie etwas gesagt? Und der angebliche Mord an ihrer Mutter, den sie erwähnt hat? Sie weiß mehr, als sie uns sagen will.« Sarah stand von ihrem Stuhl auf.

»Ja, klar«, erwiderte Carlos. »Alles passt zusammen, uns fehlt nur noch ein Puzzlestück. Los, komm, wir gehen zu diesem Mateo.«

33    Also

160

# 29

Mateo band sich seine Schürze um. Seine Schicht im Restaurant begann gerade. Er griff zu den ersten schmutzigen Tellern, als sein Chef auf ihn zukam, gefolgt von einem Mann und einer Frau.

»*Señor* Mateo? Ich bin Inspektor Carlos Muñoz Díaz. Wir müssen uns mit Ihnen unterhalten. Es geht um Ihre Schwester Valeria.« Carlos reichte Mateo die Hand zur Begrüßung.

Mateo nickte, senkte den Blick auf den Küchenfußboden und folgte den dreien in das Büro seines Chefs.

Carlos setzte sich und legte seinen Notizblock auf den Tisch. Er blätterte darin und suchte eine leere Seite.

Mateo starrte auf die Tischplatte und spürte den Blick, den Carlos auf ihn richtete.

»Wir suchen Ihre Schwester Valeria«, sagte Carlos. »Haben Sie Informationen über ihren Aufenthaltsort für uns?«

»Ja … nein … sie ist hier auf der Insel«, antwortete Mateo und sprach mit flüsternder Stimme weiter: »Ihr Aufenthaltsort ist geheim. Keiner darf das erfahren.«

»Es ist sehr wichtig für uns, dass wir wissen, wo sie ist. Wir haben die Vermutung, dass sie ermordet wurde.«

Mateos Mund wurde trocken. Ihm wurde heiß, und Schweißperlen bildeten sich auf seiner Stirn. Er antwortete nicht.

Carlos beugte sich über den Tisch und sagte eindringlich: »*Señor* Mateo, warum ist dieser Aufenthaltsort geheim? Wer darf davon nichts wissen?«

»Es darf keiner davon wissen. *Mi padre* ... mein Vater hat ...« Mateo brach den Satz ab, wandte den Blick zur Seite. Seine Hände zitterten.

»Was hat Ihr Vater? Sagen Sie schon!« Carlos stand auf, stellte sich hinter Mateo und kam ganz nah an sein Gesicht heran.

Um Mateos Kehle wickelte sich ein unsichtbares Seil, das ihm die Luft abschnürte. Er räusperte sich, um seine Stimme wiederzufinden. »*Mi padre* hat das gesagt. Es muss ein Geheimnis bleiben.«

»Wo ist Valeria?« Carlos legte Mateo die Hand auf die Schulter und senkte die Stimme. »Wo ist deine Schwester, *mi hijo*?«

»Ich kann es nicht sagen, er wird wieder böse«, sagte Mateo und vergrub sein Gesicht in den Händen. Dann hob er seinen Kopf und wischte sich die Tränen von den Wangen.

»Mateo, hat Ihr Vater Valeria ermordet? Hat *er* ihr das angetan?«

Mateo verschränkte seine Arme und starrte Carlos entgeistert an. *Wie kann er bloß nach all den Jahren diese Frage stellen?*

»Ich frage noch einmal: Hat Ihr Vater Valeria ermordet?«

Mateo war wie versteinert.

Er dachte an diesen Tag zurück. An diesen einen Tag, an dem sich alles verändert hatte. Seit dem keiner mehr da war, der ihn beschützte.

Alle hatten ihn alleingelassen. Allein mit seiner Angst, allein mit seinem Vater.

Damals hatte er sich über die Nachricht gefreut, dass das Baby gesund zur Welt gekommen war. Er war ihr entgegengelaufen und hatte dieses kleine Bündel sofort in seine Arme genommen.

»Mateo, sei vorsichtig«, hatte Valeria gesagt. »Lass sie ja nicht fallen.«

Er hatte sich mit seiner kleinen Nichte auf den Schaukelstuhl gesetzt, der auf der Terrasse stand, und die Decke von ihrem Köpfchen geschoben. Ein Gefühl des Stolzes war in seinem Kinderkörper erwacht, als er auf das schlafende Gesicht geschaut und sie zärtlich auf die Stirn geküsst hatte.

Er zuckte zusammen, als er die feste Berührung auf seinem Oberarm spürte. Es war Carlos, der ihn wieder ins Hier und Jetzt zurückholte.

»Mateo, antworten Sie. Was hat Ihr Vater getan? Wir haben die sterblichen Überreste Ihrer Schwester und die ihres Babys in einem Holzsarg gefunden.«

Carlos legte die Bilder vom Fundort der Leichen auf den Tisch. Zuerst das Foto von Valeria, die sorgfältig in eine Decke eingewickelt war, genauso wie das Baby auch. Dann die Detailaufnahmen von Valerias Überresten, zum Schluss die des Babys. Auf dem Neugeborenen lag ein Stofffetzen, der mit Stroh gefüllt war. Die Puppe mit den Knopfaugen war verwittert im Laufe der Zeit.

Mateo nahm das letzte Foto in seine Hände und starrte darauf. Seine Augen füllten sich mit Tränen. »Ich ... er ... ich habe sie doch so geliebt ... und er hat ...« Seine Worte erstarben, kurz darauf sprach er weiter: »Sie war doch meine große Schwester. Sie hat mich immer beschützt. Sie sagte, dass sie mich mitnimmt, wenn sie fortgeht. Aber sie hat ihr Versprechen nicht gehalten. Sie ist allein gegangen. Genauso wie meine Mutter allein gegangen ist.«

»Mateo, was ist an dem Tag passiert, als Valeria gegangen ist?«

»Ich wusste zuerst nicht, woher das Blut an den Händen meines Vaters kam. Das Baby lag in der Wiege, die auf der Terrasse stand. Ich ... ich ... ich konnte nicht reagieren ... mein Vater hat das Baby aus der Wiege gerissen. Es schrie nicht einmal ... hing in seinen Armen wie eine Puppe. Er hat ... hat das Baby mitgenommen. Alles war so leer und still. Diese furchtbare Stille. Ich ... ich weiß nicht mehr, wie lange es gedauert hat, bis ich Valeria gesucht habe. Ich erinnere mich nicht mehr. Ich hatte an diesem Tag starke Kopfschmerzen. Ich habe die Tür geöffnet, da sah ich sie am Boden liegen. Um ihren Kopf herum war alles voller Blut. Ich kniete mich hin ...« Seine Verzweiflung raubte ihm die Stimme.

»Lassen Sie sich Zeit. Erzählen Sie uns die ganze Geschichte.« Carlos schob Mateo ein Glas Wasser zu und legte ihm eine Hand auf den Unterarm.

Mateo trank einen Schluck, wischte sich die Tränen aus dem Gesicht und fuhr fort: »Ich musste ... er kam herein, sah mich an. Er war allein, ohne Baby. Er ging wortlos an mir vorbei zu Valeria und trug sie aus dem Haus. Das Blut tropfte von ihrem Kopf, als er sich zu mir umdrehte und mit einem Lächeln im Gesicht mit mir sprach. Er zwang mich, das Blut wegzuwischen. Mit einem Lächeln im Gesicht! Das Blut meiner eigenen Schwester! Verstehen Sie? Ich war verwirrt. Ich war doch erst zwölf!« Mateo sah Carlos direkt an, dann schüttelte er den Kopf. »Ich sehe heute noch Valerias Augen. Sie waren wie Glasmurmeln. Es dauerte Stunden, bis ich alles sauber hatte. Auf Knien rutschte ich herum und schrubbte das Blut meiner Schwester vom Boden. Die Haustür flog auf, mein Hals schnürte sich zu, als ich ihn sah. Er hatte die Schnapsflasche in der Hand und schwankte. So hatte ich meinen Vater schon oft gesehen. Aber dieses Funkeln in seinen Augen, dieses Funkeln brachte meinen Körper zum Zittern. Er starrte mich an. Ich war wie versteinert und hielt die Bürste fest in der Hand, der blutige Wassereimer stand direkt vor mir. Er schaute sich den Boden genau an. Am Türrahmen fand er noch einige Blutspritzer. Er wankte auf mich zu. Beschimpfte mich, ich wäre nicht mal zum Putzen gut genug. Er trat voller Wut gegen den Eimer. Das blutige Wasser ergoss sich über den Fußboden. Und dann … dann … dann zog er seinen Gürtel aus der Hose.«

Schluchzend brach Mateo in sich zusammen.

# 30

Carlos wollte Mateo beruhigen und fasste ihn auf den Rücken. Der junge Mann zuckte unter seiner Berührung zusammen. Carlos zog seine Hand zurück.

»Beschützen Sie mich?«, fragte Mateo. »Beschützen Sie mich vor ihm?«

Carlos nickte. »Ja, ich beschütze dich.«

Mateo zupfte unsicher an seinem T-Shirt. Schließlich hob er es ein wenig an. Carlos nahm das T-Shirt und zog es weiter nach oben. Auf Mateos Rücken zeichneten sich unzählige Narben und Striemen ab. Einige bereits alt und verblichen, andere noch in einem blutigen Rot und manche, die gerade erst eine schorfige Kruste gebildet hatten. Fassungslos blickten Carlos und Sarah darauf. Carlos ließ das T-Shirt wieder los, und die Zeichen der Gewalt wurden verdeckt.

»Sie bleiben hier, okay? Ich werde veranlassen, dass Ihnen geholfen wird.« Er zückte sein Telefon und verließ gemeinsam mit Sarah den Raum. Sie standen vor der Tür des Büros im Flur. »*Sí,* festnehmen. Dringender Tatverdacht. Bringt ihn mir sofort her!«

»Was wird jetzt mit ihm?«, fragte Sarah.

»Er wird ins Krankenhaus gebracht und psychologisch betreut. Und den Vater knöpfen wir uns vor. Er hat sicher auch etwas mit Melodias Tod und mit der Entführung von Katharina zu tun.«

# 31

Keine zwei Stunden später saß Franco Juan Álvaro im Vernehmungszimmer Carlos und Sarah gegenüber.

»Was wollt ihr von mir?«, schrie Franco und versuchte, seine Handfesseln zu lösen, die am Tisch festgemacht waren. »Ich habe nichts getan!«

»Sie haben Ihre Tochter Valeria umgebracht« sagte Carlos. »Und Sie stehen unter dringendem Tatverdacht, auch etwas mit dem Tod von Melodia Hernandez Ruiz und mit der Entführung von Katharina Pfeiffer zu tun zu haben. Also, sagen Sie die Wahrheit!«

»Valeria hat mir diese kleine Fotze ins Haus gebracht«, entgegnete Franco. »Wäre nur wieder ein Maul mehr zu stopfen gewesen.«

»Ihr Sohn Mateo hat uns alles erzählt über den Tod von Valeria und ihrem Baby. Und nun erzählen Sie uns, was Sie mit Katharina Pfeiffer gemacht haben. Wo ist sie?«

»Sohn? SOHN? Ich habe keinen Sohn. Mateo ist genauso ein Mädchen, wie Valeria eines war. Er kochte, kümmerte sich im Garten um die Blumen, er heulte, wie es nur ein Mädchen

169

kann. Schon als kleines Kind spielte er lieber mit Puppen, als mir in der Scheune bei den Holzarbeiten zu helfen. Das ist kein Junge.«

Carlos' Blick verfinsterte sich. Er bedeutete Sarah, sie solle mit ihm den Raum verlassen. Er schloss die Tür hinter sich und sagte: »Fahr du zu Mateo ins Krankenhaus. Die meisten Ärzte sprechen Deutsch, keine Sorge. Zur Not gibt es auch einen Dolmetscher. Ich werde die leitende Ärztin über deine Ankunft informieren. Vielleicht weiß Mateo etwas über die Entführung von Katharina oder kann dir etwas zum Tod von Melodia sagen, *vale?*«

»Angenommen, *Señor* Álvaro hat das alles getan, was wir ihm vorwerfen. Wie können wir ihm das nachweisen?«

»Die Aussage von Mateo wird reichen. Ebenso hat uns seine Schwester Delores bestätigt, dass Franco Álvaro gewalttätig ist. Und erinnere dich an ihre Andeutungen über ihre Mutter. Wir wissen also mit Sicherheit, dass *Señor* Álvaro den Tod von Valeria zu verantworten hat. Und ich gehe jede Wette ein, dass seine Frau damals keinen Unfall hatte, sondern er sie auf dem Gewissen hat. Zur Not müssen wir seine Tochter noch einmal verhören. Ich hoffe, dass wir von Mateo

Antworten auf die verbleibenden Fragen bekommen.«

»Was ist dann mit David?«, fragte Sarah. »Wo ist er?«

»Das muss jetzt warten. Darum kümmern wir uns später. Wir müssen uns jetzt mit den Hinweisen beschäftigen, die uns weiterbringen.«

# 32

»Er hat ein schweres Trauma erlitten. Die ältesten Narben auf seinem Rücken stammen noch aus früher Kindheit. Ich habe bereits einen Psychologen angefordert.« Die Ärztin warf einen prüfenden Blick auf ihre Uhr. »Er sollte in den nächsten Minuten hier eintreffen.«

»Danke für die Information«, sagte Sarah. »Kann ich dem Gespräch beiwohnen?«

»Ich würde vorschlagen, Sie warten, bis der Psychologe da ist, *vale?*«

In diesem Moment erschien ein gut gekleideter Mann, streckte Sarah die Hand entgegen und stellte sich vor: »Ich bin Dr. Fernandéz, folgen Sie mir bitte. Sie kommen von Inspektor Muñoz Diaz, *verdad?* Ich muss mir zuerst einen Überblick über den Geisteszustand des Patienten verschaffen. Geben Sie mir ein paar Minuten. Dann können wir gemeinsam versuchen, auf Ihre Fragen Antworten zu bekommen.«

Sarah wartete geduldig, bis der Doktor fertig war.

»*Entonces, Doña* Sarah, stellen Sie Ihre Fragen. Ich übersetze.«

Sarah erhob sich von ihrem Sessel und stellte sich ans Bettende. »Mateo, sagen Ihnen die Namen Katharina Pfeiffer und Melodia Hernandez Ruiz etwas?« Sie holte die beiden Bilder aus ihrer Jackentasche und zeigte sie Mateo.

Er griff danach und betrachtete sie. An dem Bild von Katharina blieb sein Blick hängen, und er sagte: »*Muy hermosa[34].*«

Mateo schaute Sarah mit großen Augen an. Für einen kurzen Moment sah sie, dass sich seine Pupillen veränderten. Es war nur für den Bruchteil einer Sekunde, aber nachdem Mateo den Kopf geschüttelt hatte, war sie sich sicher, dass er etwas vor ihnen verbarg.

34   Wunderschön

# 33

»Du hättest seinen Blick sehen müssen, als ich ihm das Foto von Katharina gezeigt habe«, sagte Sarah zu Carlos, als sie wieder im Büro angelangt war. »Das war ... irgendwie ... unheimlich.«

»Denkst du, dass er mehr weiß, als er sagt?«

»Also der Arzt meinte, dass das auch gut an den Medikamenten liegen könnte, die er bekommen hat. Allerdings ... ich weiß auch nicht. War eine unheimliche Situation. Was hat die Hausdurchsuchung bei seinem Vater ergeben?«

»Wir haben jeden Winkel durchsucht, aber nichts gefunden. Keine Spuren. Also haben wir weiterhin lediglich Mateos Aussage, um ihn festzunageln.«

Cristiano betrat das Büro und hielt einen Zettel in der Hand, den er Carlos auf den Schreibtisch legte. »*Jefe[35]*, es gibt ein Problem. Heute am Vormittag wurde ein neunzehnjähriges Mädchen entführt. Ihr Name ist Nikolett Gábor. Wir haben die Meldung

35     Chef/Boss

174

gerade erst hereinbekommen. Ich dachte, für unseren Fall könnte das wichtig sein.«

»Wo?«, fragte Carlos und starrte auf den Zettel, auf dem auch ein Foto der Vermissten abgebildet war.

»Am Cruz de Tejeda«, antwortete Cristiano.

Sarah blickte erschrocken auf das Foto. »Sie ist auch blond, genau wie Katharina. Die beiden könnten Schwestern sein, so ähnlich sehen sie sich.«

»Wie kann es sein, dass hier am helllichten Tag Mädchen verschwinden? Das ist doch wohl alles nicht möglich!« Carlos seufzte. »Was wissen wir über das Mädchen? War sie allein?«

»Nein, sie war mit einer ungarischen Touristengruppe unterwegs«, sagte Cristiano. »Sie kehrten in ein Restaurant am Cruz de Tejeda ein. Sie wollte nur schnell etwas aus dem Bus holen, der direkt vor der Tür stand. Dort verschwand sie, und keiner hat etwas gesehen.«

Carlos öffnete die Schublade seines Schreibtisches und holte Katharinas Akte hervor. »Stimmt, die Ähnlichkeit ist sehr groß zwischen den beiden Mädchen.« Er drehte sich zu Sarah, die zu seiner Linken saß, und sagte: »Wir fahren zum Tatort.«

# 34

Die Fahrt zum Cruz de Tejeda dauerte gerade mal eine halbe Stunde. Sie durchquerten die Schluchten, deren Hänge sich links und rechts der Straße in den Himmel bohrten. Sarah erinnerten diese Bergwände an den Grand Canyon, wo sie vor einigen Jahren Urlaub gemacht hatte.

Als sie am Tatort ankamen, färbte die Sonne den Himmel bereits rot. Mit Taschenlampen bewaffnet schauten Carlos, Cristiano und Sarah sich um.

»Hier kommen tagtäglich Hunderte von Leuten vorbei«, sagte Carlos und schüttelte den Kopf. »Ich kann mir nicht vorstellen, wie es möglich sein kann, dass dieses Mädchen spurlos verschwindet und keiner etwas gesehen hat.«

»Es kann nicht *Señor* Franco Álvaro gewesen sein. Wir waren heute am Vormittag bei ihm. Da war er sturzbetrunken.« Sarah zog die Augenbrauen in die Höhe und legte ihre Stirn in Falten.

»Ja, du hast recht«, entgegnete Carlos. »In diesem Fall kann er sie nicht entführt haben. Vielleicht hat er einen Komplizen. Was ist, wenn sein ...«

Cristiano kam den beiden im Laufschritt entgegen.

»Carlos, ich habe gerade einen Funkspruch mitbekommen«, sagte er außer Atem. »Heute Vormittag haben die Kollegen in Las Palmas eine Drogenbande hochgenommen, die in einem Container Crystal Meth schmuggelten. Bei der Durchsuchung der Festgenommenen fanden sie ein Foto von David Clarks auf einem der beschlagnahmten Handys, gefesselt auf einem Stuhl. Die Verdächtigen sind in Las Palmas in der Polizeistation.«

»Vale, wir fahren hin«, sagte Carlos. »Hier können wir nichts mehr tun. Die Kollegen sind bereits am Zusammenpacken. Endlich eine heiße Spur von David. Aber dass er uns zu Katharina führen wird, bezweifle ich mittlerweile. Ich befürchte etwas anderes. Cristiano, du bleibst hier, bis alle gefahren sind. Wir treffen uns in der Polizeistation.«

\*\*\*

Eine knappe Stunde später kamen Sarah und Carlos in Las Palmas an. Das Verhör war bereits in vollem Gange, als sie sich hinter das spiegelverglaste Fenster setzten.

»Er wird gerade befragt, wo sie die Drogen

177

lagern«, übersetzte Carlos das Frage-und-Antwort-Spiel des Beamten mit dem Verdächtigen. »Kiloweise Crystal Meth wurde in dem Container gefunden, somit müssen sie ein Versteck haben, wo sie die Drogen lagern können. Diese Mengen kann man nicht so einfach mit sich herumtragen.«

»Ich hoffe, wir wissen bald, wo David und Katharina sind«, sagte Sarah. »Ich hoffe, wenn wir David finden, dass auch Katharina dort ist.« Sie lauschte gespannt dem Verhör und schaute immer wieder zu Carlos, um anhand seines Gesichtsausdruckes zu erahnen, wie die Vernehmung lief. Doch er setzte sein Pokerface auf und ließ keinerlei Gefühlsregung erkennen.

Die Tür hinter ihnen öffnete sich, ein Beamter trat ein und übergab Carlos einen Notizzettel.

»*Muy bien[36]*«, sagte Carlos und wandte sich an Sarah, die ihn ungläubig ansah. »Wir müssen los. Das Lager ist hier ganz in der Nähe.«

Sarah folgte Carlos aus dem Raum. »Bitte lass Katharina auch dort sein«, murmelte sie vor sich hin.

Carlos blieb stehen und sah ihr tief in die

36    Sehr gut

Augen. Er trat einen Schritt näher auf sie zu und strich ihr eine Haarsträhne aus der Stirn. »Ich weiß, dass du dir um unsere gemeinsamen Kinder genau die gleichen Sorgen machen wirst wie um Katharina.« Ein freches Grinsen umspielte seine Lippen.

Sarah reagierte im ersten Moment nicht und zwang sich ein gekünsteltes Lächeln ab. Sie wich einen Schritt zurück.

*So ein Idiot!*

# 35

»Ich will nicht darüber sprechen. Warum lassen Sie mich nicht einfach in Ruhe?« Mateo gingen die Fragen des Psychologen allmählich auf die Nerven.

»Wie ist Ihre Mutter gestorben, Mateo? Können Sie mir das beantworten?« Dr. Fernandéz rutschte in seinem Sessel in eine bequeme Position und schlug das rechte Bein über das linke. Er öffnete die Mappe mit seinen Notizen, legte sie auf seinen Oberschenkel und schaute zu Mateo, der in dem Krankenbett lag und ihn ansah.

Mateo war erst ein paar Stunden im Krankenhaus, und der Psychologe hatte ihn beinahe die ganze Zeit nicht aus den Augen gelassen. Meist saß er schweigend in seinem Sessel, manchmal ging er zum Fenster und schaute hinaus.

Mateo wollte einfach nur allein sein.

*Warum versteht er das nicht? Warum muss er immer wieder mit diesem Thema anfangen?*

»Sie ist einfach gestorben und hat mich alleingelassen. Lassen Sie mich doch in Ruhe. Tot ist tot.« Die Kopfschmerzen und das Surren in Mateos Ohren wurden immer lauter.

»Mateo, nur wenn Sie darüber sprechen, kann ich Ihnen helfen. Aber vielleicht ist es für heute genug. Sie sehen müde aus. Schlafen Sie ein wenig. Ich schaue später noch mal bei Ihnen vorbei, *vale?*«

»Nein, warten Sie«, sagte Mateo. »Bleiben Sie. Was ist denn am Tod meiner Mutter so interessant? Sie ist tot. Was ändert sich daran, wenn ich darüber spreche?«

»Es kann helfen, den Schmerz des Verlustes zu verringern, wenn Sie darüber reden. Ich kann Sie nicht zwingen. Über was möchten Sie denn sprechen?«

»Wissen Sie«, sagte Mateo, »ich wünsche mir nichts mehr als einen Sohn. Leider ist es mir bisher verwehrt geblieben, eine Partnerin zu finden, die mir diesen Wunsch erfüllt. Liegt mit Sicherheit an meinem Aussehen.« Er fuhr sich mit den Fingern über das Gesicht.

»Aussehen ist nicht das Wichtigste, Mateo. Es kommt mehr auf die inneren Werte eines Menschen an. Das Äußere ist lediglich Fassade. Eine Hülle, verstehen Sie?«

»Meine Mutter liebte mich, so wie ich bin.«

»Ja, Mütter lieben einen um seiner selbst willen. Und Sie haben Ihre Mutter auch geliebt, nicht wahr?«

»Ich liebe sie heute noch genauso. Obwohl … obwohl sie mich verlassen hat … Mein Vater hat

181

mich nie geliebt. Er sagte immer zu mir, dass ich mehr wie ein Mädchen bin und kein Sohn für ihn sei. Durch die Wucht des Stoßes ist sie die Auffahrt hinuntergefallen und mit ihrem Kopf auf einem Stein gelandet. Ich habe es gesehen.«

»Wer hat wen gestoßen?«, fragte Dr. Fernandéz. »Ihr Vater hat Ihre Mutter gestoßen?«

»Sie ist die ganze Auffahrt der Finca hinuntergestürzt. Sie konnte sich nirgends festhalten. Sie schrie, sie schrie so laut.« Mateo hielt sich mit beiden Händen die Ohren zu. Der Schrei seiner Mutter war markerschütternd. Sein Körper zog sich in die Embryonalstellung zusammen.

Dr. Fernandéz blätterte in seinen Notizen. »Okay, ich denke, es ist jetzt genug. Schlafen Sie nun ein wenig. Ich komme später wieder zu Ihnen. Sie brauchen Ruhe. Ich veranlasse, dass man Ihnen ein Beruhigungsmittel gibt, *vale?*«

Mateo bewegte sich nicht. Er hörte die Schreie seiner Mutter, und er sah das Blut. Das Blut seiner Mutter, das Blut seiner Schwester. Er roch das frisch geschliffene Holz, das sein Vater in das Auto lud. Er sah die Kiste einen kurzen Moment, bevor die Tür des Kofferraumes zuflog.

# 36

Das Tor vom Lagerhaus stand offen. Ein Rettungswagen mit Blaulicht traf gleichzeitig mit ihnen ein. Eilig packten die Sanitäter eine Trage aus und rannten in das Gebäude. Sarah folgte Carlos nach drinnen.

Unzählige Paletten, meterhoch mit Kartons vollgepackt, standen in der gesamten Halle verteilt herum. Mehrere Beamte räumten die Kartons auf den Boden und öffneten sie. Zwischen weißem Verpackungsmaterial, Stoffbären und antik aussehenden Vasen kamen immer wieder kleine Plastiktüten zum Vorschein, die von den Beamten sorgfältig auf einem Tisch in der Mitte gesammelt wurden.

Rasch durchschritten Carlos und Sarah die Halle. Am anderen Ende war ein Raum mit einem Glasfenster und einer Tür. An der Wand hing ein Schild, auf dem »Oficina« stand. Durch diese Tür waren die Sanitäter verschwunden. Sarah hoffte, dass die Suche nach Katharina nun ein Ende hatte.

Carlos blieb bei dem Beamten, der vor der Tür stand, und erkundigte sich nach dem Ermittlungsstand. Sarah lugte in den Raum und konnte zuerst nichts erkennen, da die Sanitäter ihr den Blick versperrten.

»Das ist David«, sagte sie und sah zu Carlos. »Wo ist Katharina? Ist sie auch hier?«

»Nein, hier ist niemand mehr«, sagte Carlos. »Wir müssen warten, bis die Sanitäter David verarztet haben, sofern das hier möglich ist.«

David saß auf einem Stuhl mitten in dem kleinen Raum, der als Büro diente. Seile lagen zu seinen Füßen. Eine Platzwunde prangte an seiner linken Schläfe, die Wange mit getrocknetem Blut verschmiert. Die andere Gesichtshälfte war komplett zugeschwollen und lila-blau verfärbt. Er hing mehr auf dem Stuhl, als dass er saß, und hatte Schwierigkeiten, seinen Kopf aufrecht zu halten.

*Sie haben ihn misshandelt, aber warum nur?*

Zu gerne wäre sie in den Raum gestürmt und hätte David ihre Fragen gestellt. Doch sie musste sich gedulden, denn die Sanitäter entschieden, ihn aufgrund des Verdachtes auf innere Verletzungen ins Krankenhaus zu bringen. Sie luden ihn auf die Bahre und schoben ihn hinaus in den Krankenwagen.

Sarah blieb nichts anderes übrig, als ihnen hinterherzusehen.

# 37

Schlaftrunken blickte Mateo den Psychologen an. Ein unruhiger Schlaf, gequält von vielen Erinnerungen. Verschüttet tief in seinem Inneren. Hervorgeholt durch den Psychologen, der ihm diese Fragen stellte.

Mateo war wütend. Wütend auf die Polizei, ihm das Geheimnis über seine Mutter und Valeria entlockt zu haben.

*Vater, vergib mir.*

Wütend auf den Psychologen, der ihm Fragen stellte, die er nicht beantworten wollte.

*Vater, bitte vergib mir.*

Wütend auf sich selbst, Antworten gegeben zu haben.

*Vater, ich flehe dich an, vergib mir.*

»Mateo, ich sehe, Sie haben ein wenig geschlafen. Die Beruhigungsmittel haben gewirkt.«

»Lassen Sie mich in Ruhe. Ich will nicht mit Ihnen sprechen.«

»Lassen Sie uns doch das Gespräch dort weiterführen, wo wir aufgehört haben. Was halten Sie davon?« Dr. Fernandéz trat an das Bett heran.

»Ich will nicht!«, schrie Mateo, setzte sich auf und schlug dem Psychologen mit der Faust ins Gesicht. Dr. Fernandéz taumelte einen Schritt zurück.

Die Tür des Krankenzimmers sprang auf, ein Polizist rannte herein und drückte Mateo mit Gewalt wieder zurück in sein Bett.

»Du kommst dir wohl sehr stark vor, was?«, sagte Mateo zu dem Beamten. »Aber ich bin stärker als du.« Mit all seiner Kraft wehrte er sich, und es gelang ihm, dem Beamten seine Finger um den Hals zu legen und zuzudrücken.

Eine zierliche junge Beamtin stürmte in das Zimmer und versuchte, den Griff von Mateos Hand zu lösen.

Mateo lachte laut auf und zischte: »Mädchen sind nichts wert. Du kannst gegen mich nichts ausrichten. Du bist ein Nichts!«

Im nächsten Moment spürte er einen Stich in seinem Hals, seine Hände erschlafften, und er nahm seine Umgebung nur mehr verschwommen wahr.

Er hörte die Stimmen, die sagten: *Sie müssen alle weg. Sie sind nichts wert.*

# 38

Sarah stapfte den Krankenhausflur auf und ab.

»Hör damit auf, du machst mich ganz nervös«, sagte Carlos und zeigte mit seiner Hand auf den leeren Platz neben sich. »Setz dich doch.«

»Ich hoffe, er überlebt die Notoperation«, sagte Sarah. »Wieso war Katharina nicht in dem Lagerhaus? Wo ist sie nur?«

Carlos' Handy läutete. Er nahm das Gespräch entgegen. »*Sí, vale*. Wir kommen gleich«, sprach er, legte auf und sah Sarah an. »Wir müssen auf die Station, auf der Mateo liegt. Der Arzt will uns dringend sprechen.«

Es war nur ein Stockwerk höher, und Minuten später standen sie im Arztzimmer. Dr. Fernandéz war ebenfalls anwesend. Er schilderte ihnen den Wutanfall von Mateo und dessen Angriff auf ihn und den Polizeibeamten.

»Wissen Sie, ich bin an die Schweigepflicht gebunden. Aber ich empfehle Ihnen dringend, Mateo noch mal zu verhören. Dieser Hass auf Frauen scheint sehr ausgeprägt zu sein, und Sie haben eine Vermisste, die Sie suchen. Außerdem passt die Geschichte mit seiner

Mutter nicht. In den Aufzeichnungen der Polizei steht, dass sie beim Wandern von einer Klippe gestürzt ist. Mateo erzählt eine andere Geschichte. Verstehen Sie? Im Moment ist er ruhiggestellt, aber wach. Er wurde vorsichtshalber im Bett fixiert.«

Mit diesen Worten verabschiedete sich der Psychologe und ging aus dem Büro.

»Gut, dann werden wir das Verhör fortsetzen«, sagte Sarah. »Ich wusste gleich, dass er etwas verheimlicht.«

Sie erreichten das Zimmer von Mateo und traten ein. Er lag friedlich in seinem Bett und murmelte etwas Unverständliches vor sich hin.

»Mateo?«, sagte Carlos.

Mateo sah ihn mit glasigem Blick an. »Es soll aufhören, einfach aufhören!«, flüsterte er.

»Was soll aufhören?«, fragte Carlos. »Was meinst du?«

»Die Stimmen sollen aufhören. Ich möchte das nicht tun, was sie sagen.«

»Was sagen die Stimmen denn?«

»Sie sind nichts wert, und sie müssen weg. Aber ich mag doch Mädchen. Ich will ihnen nichts tun. Aber die Stimmen, die Stimmen sagen es mir immer wieder.«

»Du musst nicht tun, was die Stimmen

sagen.«

»Doch, ich muss. Sonst werden die nie aufhören!« Mateo versuchte, sich im Bett aufzurichten, doch die Fesseln hielten ihn zurück.

»Hast du Melodia und Katharina etwas angetan?«, wollte Carlos wissen. »Hast du etwas mit der Entführung von Nikolett zu tun?«

»Ich … ich wollte das nicht. Ich habe sie geholt, um … Die Stimmen … diese unerträglichen Kopfschmerzen. Ich mag doch Mädchen. Ich habe nichts getan.« Mateo kniff die Augen zusammen, seine Hände zuckten. Sekundenlang verharrte er in dieser Position. Dann öffnete er seine Augen wieder und blickte Carlos an. Ganz anders als zuvor schien er jetzt vollkommen klar zu sein.

»Mateo? Soll ich den Arzt rufen?«

»Ich brauche keinen Arzt. Ich will hier raus. Ich muss zu Ende bringen, was ich angefangen habe.«

Carlos näherte sich vorsichtig dem Bett. »Was hast du denn angefangen?«

»Sie soll mir endlich das geben, was mir zusteht.«

»Und was steht dir zu?«

»Ein Sohn, Sie Vollidiot!«, fuhr Mateo Carlos

189

an. »Ich will endlich einen Sohn! Und wenn die mir nun auch keinen Sohn gibt, wird sie entsorgt. Genauso wie es mit der anderen gemacht wurde. Nur ein Mann ist etwas wert. Eine Frau ist nur dafür da, den Mann glücklich zu machen. Wenn sie widerspricht, dann muss sie bestraft werden. Wenn sie Probleme macht, muss sie weg. Genauso wie meine Mutter, diese Schlampe, und meine Schwester wegmussten. Vater ist ein guter Mann, er hat sich um all das gekümmert. Er ist mir ein gutes Vorbild.« Er zerrte an seinen Handfesseln und schrie: »Macht mich endlich los!«

Carlos drehte Mateo den Rücken zu, griff zu seinem Handy und wählte die Nummer von Cristiano. »Findet sofort raus, wo Mateo Álvaro seinen Wohnsitz hat und stellt dort die Bude auf den Kopf, *rápido*[37]!«

Mateo lachte auf und flüsterte: »Ihr werdet sie nicht lebend finden. Niemals.«

37    schnell

# 39

»Oh Mann«, sagte Sarah zu Carlos. »Mateo ist seit mehr als einem Tag im Krankenhaus. Wenn er sie gefangen hält, dann könnten sie schon tot sein.«

Gerade erst hatten sie den Parkplatz verlassen und machten sich auf den Weg zurück nach Artenara. Die aktuelle Adresse lag noch nicht vor. Mateo war angemeldet in Telde, im Haus seines Vaters. Dort wohnte er aber nicht.

Es dauerte eine Stunde, bis sie wieder im Polizeirevier angelangt waren. Carlos stürmte hinein. »Habt ihr schon die Adresse von Mateo? Der kann nicht weit weg von hier wohnen. Er arbeitet hier im Ort. Das muss doch im System sein!«

»Nein, ist es nicht«, sagte Cristiano. »Ich habe zwei Kollegen zum Restaurant geschickt, in dem er arbeitet. Vielleicht wissen der Chef oder seine Kollegen etwas, was uns weiterhilft. Wir finden im Computer nichts.«

Das Telefon im Revier läutete. Cristiano hob den Hörer ab und nickte. Er tippte auf seiner Computertastatur herum und schrieb etwas auf einen Zettel, den er Carlos überreichte.

»Das ist die Wohnung, in der er laut Aussage seiner Arbeitskollegen lebt«, sagte er. »Es ist eine der Höhlenwohnungen. Sie muss wohl schon sehr lange in Familienbesitz sein, es gibt keine Namenseintragungen im System. Ist vermutlich im Archiv in den alten Büchern bei der Gemeinde zu finden. Die Kollegen sind bereits auf dem Weg dorthin, *Jefe*.« Cristiano schnappte sich seine Jacke. »Ich nehme an, wir müssen auch gleich los.«

Carlos nahm den Zettel entgegen und las.

»Das ist hier gleich um die Ecke in der Nähe der großen Aussichtsplattform«, sagte er, ergriff Sarahs Hand und zog sie mit sich zum Auto.

Er schlängelte sich mit dem Jeep durch die engen Gassen. Mit Blaulicht über den Marktplatz, vorbei an dem kleinen Café und der Kirche. Die Menschen, die sich dort aufhielten, machten sofort Platz und ließen ihn und das andere Polizeiauto passieren.

Minuten später rief Carlos: »Hier ist es!« Er deutete auf eine Höhlenwohnung, die sich am Berghang einige Meter über der Straße befand. Sarah sah den Felsvorsprung, der über der weißen Balustrade hing. Bunte Blumen schlängelten sich an den Säulen empor.

Gleichzeitig mit ihnen kamen auch die

192

anderen Beamten an. Carlos stoppte sein Auto mitten auf dem Weg und sprang raus. Der Motor lief noch. Er rannte die Betonstufen hinauf, die zu den einzelnen Wohnungen führten. Cristiano, Sarah und zwei weitere Beamte folgten ihm.

Der kleine Vorplatz hinter den Balustraden war mit roten Steinen gepflastert, und Blumentröge standen beiderseits der Wohnungstür.

Außer Atem griff Carlos nach der Klinke. Die Eingangstür war nicht versperrt.

»Wie groß ist denn die Wohnung?«, sagte Sarah und staunte, als sie die vielen Türen und den langen Gang sah.

»Diese Höhlen können mehr als zweihundert Quadratmeter haben«, erwiderte Carlos. »Von außen siehst du nicht, wie groß sie sind.«

Die Männer schwärmten in alle Richtungen aus, und schon wenige Augenblicke später drangen die ersten Rufe durch den Flur.

»Carlos, ich habe ein Mädchen gefunden!«, sagte Cristiano und winkte mit der Taschenlampe.

Sarah war als Erstes bei ihm und rannte in den winzigen Raum. Sie sah die traurigen Augen von diesem Bündel Elend, das sich in der

Ecke verkroch, als Cristiano es mit der Taschenlampe anleuchtete.

»Das ist nicht Katharina«, sagte sie zu Carlos. »Das ist Nikolett.« Sie ging ein paar Schritte in den Raum hinein, hockte sich hin und legte ihre Hand auf den Unterarm des Mädchens. »Nikolett, weißt du, wo Katharina ist?«

»Er hat sie weggebracht. Ich war noch völlig benommen, als sie auf mich gestürzt ist. Ich glaube, er hat sie mit etwas geschlagen. Ich weiß nicht, wo sie ist.«

Sarah stand auf und reichte Nikolett ihre Hand.

»Nichts wie raus hier.«

# 40

Carlos holte eine Decke aus seinem Auto und legte sie Nikolett über die Schultern. Dann übergab er die junge Frau an den Sanitäter, der gerade den Flur betrat. Gedankenverloren blickte er ihr nach.

»Carlos, in der Wohnung ist niemand«, sagte Sarah. »Wo ist Katharina? Wo hat er sie hingebracht?«

Carlos drehte sich um und schüttelte den Kopf. »Ich weiß es nicht.«

Cristiano kam auf die beiden zu und sprach: »Wir haben eine Säge und Nägel in Mateos Van gefunden.«

Carlos blickte Cristiano verwundert an. Plötzlich fiel es ihm wie Schuppen von den Augen. »Na klar! Das ist es! Sie ist in einer Holzkiste in den Barrancos. Dort, wo auch seine Schwester und Melodia lagen.«

»Das Gebiet ist sehr groß«, sagte Cristiano. »Und wir wissen nicht, wie lange sie schon dort ist. Ohne Wasser, ohne Essen. Denkst du, wir finden sie noch rechtzeitig? Wenn ich daran denke, was mit Melodia passiert ist, hoffe ich, dass Katharina nicht das gleiche Schicksal erleiden musste.«

»Wir müssen sie finden«, entgegnete Carlos. »Los, Cristiano, gib einen Funkspruch durch an alle Polizeistationen auf der Insel. Die sollen uns Verstärkung schicken. Es geht um Leben und Tod.«

Cristiano nickte und verließ die Wohnung.

Sarah trat einen Schritt auf Carlos zu und nahm seine Hand in ihre. Sie schaute ihm tief in die Augen und seufzte. »Ich weiß, es ist jetzt der unmöglichste Zeitpunkt, den man sich vorstellen kann. Aber ich muss dir etwas sagen.«

Carlos schaute sie erwartungsvoll an.

»Ich habe dich auch vermisst«, sagte sie.

# 41

Ein Scharren an der Tür ließ Katharina aufschrecken. In ihrem Kopf dröhnte es, und auf ihrer Zunge lag ein fauliger Geschmack. Ein beißender, säuerlicher Geruch stieg ihr in die Nase. Sie hatte sich wohl übergeben müssen, so wie etliche Male zuvor. Benommen fasste sie sich an den Hinterkopf. Ihre Finger spürten etwas Warmes, Flüssiges. Sie bemerkte Holz unter ihrem Körper. Wie es schien, lag sie auf einer harten Pritsche.

Erneutes Scharren.

Blitzartig öffnete sie die Augen. Blut war an ihrer Hand. Sie sah Licht durch einen Spalt im Holz hereinscheinen. Verwundert schaute sie sich um. Ihr Herz setzte ein paar Schläge aus, als sie die Erkenntnis traf. Das Geräusch, das sie hörte, kam nicht von der Tür. Es scharrte an dem Deckel der Holzkiste, in der sie lag.

*Was ist das? Ein Tier? Mein Blut hat es angelockt. Aber gibt es hier Raubtiere? Wenn ja, bin ich leichte Beute.*

Ein lautes Pusten, das Luft durch die Ritzen drückte, gefolgt von weiterem Scharren.

Katharina erstarrte. Sie hielt den Atem an

und hoffte, dass das Tier auf dem Deckel verschwinden würde.

*Wenn ich um Hilfe geschrien hätte, als es geklingelt hatte. Oder wenigstens die Tür aufgerissen hätte. Aber nichts davon habe ich gemacht!*

Und nun? Nun lag sie hier. Mit einer Kopfwunde. Blutend. Entsorgt in einer Holzkiste irgendwo auf Gran Canaria. Ein Tier machte sich an ihrem hölzernen Grab zu schaffen, sie würde hier elendig zu Grunde gehen ohne Essen und Trinken.

Sie erinnerte sich zurück. Damals, als sie noch klein war, hatte sie sich in einer öffentlichen Toilette eingesperrt. Sie hatte das Schloss nicht mehr aufbekommen. Es hatte sich nicht drehen lassen. In den ersten Schrecksekunden war sie in Tränen ausgebrochen, doch dann hatte sie wie wild gegen die Tür gehämmert und geschrien. Eine Frau, die in den Toilettenraum gekommen war, hatte sie schließlich aus ihrem Gefängnis befreit.

*Was habe ich denn schon zu verlieren? Außer zu verhungern und zu verdursten?*

Katharina nahm all ihren Mut zusammen und schlug gegen den Deckel. Sie schrie, so laut sie nur konnte. Das Scharren hörte auf. Die Pfoten, die sich hörbar auf dem Holz bewegten, waren bereits über ihrem Kopf, als sie den Pfiff hörte.

Das Tier sprang von der Kiste.

Stille kehrte ein.

Sie schrie und hämmerte gegen den Deckel.

Stimmen.

Sie hörte Stimmen, die näher kamen.

Sie klopfte wieder gegen den Deckel.

»¿Hola?«, sagte eine Frauenstimme direkt neben ihrem Gefängnis. »¿Policía? Sí, wir brauchen Hilfe!«

»Bitte ... bitte helfen Sie mir!«, schrie Katharina.

»Ja, wir helfen dir«, erwiderte die Frauenstimme in bayrischem Dialekt. »Gleich. Einen Moment noch. Wir versuchen, den Deckel zu öffnen.«

»Dreh dich auf die rechte Seite der Kiste«, hörte sie jetzt einen Mann sagen. »Bedecke mit deinen Händen den Kopf. Ich werde mit einem Stein auf den Deckel schlagen. Vielleicht bricht das Holz, und ich kann den Deckel öffnen. Hörst du?«

Ein ohrenbetäubendes Krachen ließ die gesamte Holzkiste vibrieren. Stille. Dann ein erneuter Schlag. Holzsplitter fielen auf Katharinas Füße. Sie zog die Beine weiter an ihren Körper heran und drückte sich an die rechte Seite, so wie es der Mann gesagt hatte.

Es dauerte Minuten, bis das Holz zerbarst und sich der Deckel öffnen ließ. Ein Golden Retriever sprang in die Kiste und schleckte Katharina zur Begrüßung das Gesicht ab.

»Hasso, lass das! Raus!«, sagte die Frauenstimme.

Hasso war mit einem Satz aus der Kiste, setzte sich neben sein Herrchen und wedelte mit dem Schwanz.

»D... danke«, stammelte Katharina und ergriff die Hand, die sich ihr entgegenstreckte.

»Komm heraus, Kleines«, sagte der Mann. »Du bist in Sicherheit. Die Polizei wird bald da sein.«

# 42

»Wann ist meine Mama hier?«, fragte Katharina Stunden später im Krankenhaus.

»Wir haben deine Eltern informiert«, sagte Sarah und setzte sich auf den Stuhl neben Katharinas Bett. »Sie kommen mit dem nächsten Flug. Du wirst dich noch ein wenig gedulden müssen.«

Katharina nickte. »Wo ist Yasmin? Und die Jungs?«

»Yasmin wurde zwei Tage nach deiner Entführung von ihrer Mutter abgeholt. Die Jungs … ja … wir hatten die beiden anfangs unter Verdacht, dass sie mit deiner Entführung etwas zu tun haben. Jan … wurde am Strand ermordet wegen eines geplatzten Drogendeals. In Las Palmas wurden einige Mitglieder einer Bande, die hier auf der Insel die Drogengeschäfte kontrolliert, festgenommen, die haben den Mord im Verhör gestanden. Das passierte ungefähr zwei Wochen nach deiner Entführung. Und David war eine ganze Weile verschwunden. Er wurde von derselben Bande entführt und misshandelt. Die haben nach dem Mord an Jan herausgefunden, dass Davids

Bruder Oliver Cooper ist, und dann haben sie Davids Vater erpresst. Der hat das Lösegeld bezahlt, aber Davids Entführer haben ihn nicht freigelassen. Du weißt doch noch, wer Oliver Cooper ist, nicht wahr?«

Katharina schaute sie mit großen Augen an und nickte. »Wo ist David jetzt?«

»Wir haben ihn gestern gefunden. Er wurde notoperiert, aber wir haben erfahren, als du geschlafen hast, dass er nicht mehr in Lebensgefahr schwebt.«

Katharina fuhr sich mit beiden Händen durch die Haare. »Ich verstehe das nicht. Dieser Cooper hat seinen Bruder geschickt, um mich ...«

»Nein, nein«, unterbrach Sarah sie. »Das war alles nur ein riesiger Zufall, dass Jan und David hier auf euch getroffen sind. Unglaublich eigentlich, aber so etwas passiert hin und wieder.«

»Und was ist mit ...?« Katharinas Stimme brach.

Doch Sarah wusste auch so, was sie meinte. »Der Täter, der dich entführt und festgehalten hat, Mateo Álvaro, ist in eine psychiatrische Klinik eingeliefert worden. Dort wird er so schnell nicht wieder rauskommen. Das verspreche ich dir. Er hat eine dissoziative Identitätsstörung. Ihn ihm schlummern sozusagen zwei Persönlichkeiten.«

»Zwei Persönlichkeiten, sagen Sie?« Katharina dachte an die Metallwanne. Wie sie von dem einen mit dem Schwamm gewaschen worden war, fast zärtlich … Und dann an den anderen, an den Gürtel. Und wie er sich brutal an ihr vergangen hatte. Sie schüttelte wild den Kopf. »Dann war es nur einer, der mich … das kann doch sein … Sie sagen doch selbst, dass er …«

»Nein, Katharina. Sein Vater wurde ebenso festgenommen. Er wird sich wegen mehrfachen Mordes verantworten müssen.« Sarah ergriff Katharinas Hand. »Es wird alles gut. Du brauchst jetzt nur Ruhe. Mehr nicht.«

# 43

»*Vale,* wir haben nun Zeit für uns«, sagte Carlos und nahm ihre Hand. »Sarah, ich möchte dir gerne jemanden vorstellen. Es ist wichtig für mich. Sie ist ein Stück von hier entfernt.«

»Okay, klar, warum nicht. Wer ist ›sie‹? Du willst mich doch nicht mit deiner Mutter bekanntmachen, oder?« Sarah zog ihre Hand zurück.

»Nein, meine Mama ist eine wichtige Person in meinem Leben, aber ich möchte dir gerne Blanca vorstellen.«

»Gut, und wer ist Blanca?«

»Du wirst es gleich erfahren, *vale?* Hab ein wenig Geduld.« Carlos stieg in sein Auto. Während sich Sarah noch den Sicherheitsgurt anlegte, fuhr er bereits vom Parkplatz des Reviers.

Die Autofahrt führte über die Serpentinen hinaus aus Artenara und hinein in die Bergwelt. Aloe-Vera-Pflanzen wuchsen wie wilde Büsche direkt am Straßenrand. Ihre gelben Blüten ragten in die Höhe, der Sonne entgegen.

Nach fünfzehn schweigsamen Minuten sah

Sarah in der Ferne eine weiße Mauer mit einem Kreuz darauf. Dahinter standen haushohe kanarische Kiefern in einer Gruppe zusammen.

Als Carlos in den schmalen asphaltierten Weg einbog und das Auto abstellte, sah Sarah den Schriftzug »Cementerio Católico de Juncalillo«, der auf der weißen Mauer inmitten eines von Säulen flankierten Dreiecks eingemeißelt war.

»Ist das ein Friedhof? Ich dachte, du willst mich jemandem vorstellen?« Sarah schaute Carlos irritiert an.

Carlos lächelte nur, sagte aber nichts und stieg aus. Er ging auf die Beifahrerseite und öffnete ihr die Tür. »Señora?«, sagte er, beugte sich leicht nach vorne und reichte ihr die Hand. Er grinste, als er ihren verwunderten Blick sah.

Sarah stieg aus und folgte Carlos zu einer massiven Holztür, die durch einen Torbogen auf das weitläufige Areal hinter der weißen Mauer führte.

*Tatsächlich, es ist ein Friedhof. Wer liegt hier begraben, der ihm wichtig ist?*

Carlos ging einen der betonierten Wege entlang, die kreuz und quer über das Gelände verliefen. Nach ein paar Schritten blieb er vor einer Mauer stehen. Unzählige mit Namen versehene Steintafeln waren dort befestigt. Carlos schaute zu einer bestimmten, ganz oben. Sarah las den Namen, der darauf geschrieben stand: »Blanca González Gárcia«.

»*Vale,* das ist Blanca«, sagte Carlos. »Sie ist meine Frau. Wir haben vor mehr als fünfundzwanzig Jahren geheiratet, und vor sechs Jahren ist sie gestorben.«

»Oh, das tut mir leid. Wie ist sie gestorben? Darf ich dich das fragen?« Sarah nahm Carlos' Hand.

»Sie starb an Krebs. Er saß in der Leber und hat ihr nach und nach die Energie geraubt. Weißt du, in den letzten Monaten vor ihrem Tod ist sie immer mehr abgemagert. Der Krebs hat sie innerlich zerfressen.« Carlos starrte auf die Steinplatte, Tränen standen ihm in den Augen.

Sarah wusste nicht, was sie sagen sollte, und schwieg.

Nach einigen Minuten der Stille sprach Carlos weiter: »Blanca sagte zu mir – es war eine Woche vor ihrem Tod –, ich müsse mir eine neue Frau suchen.« Er lächelte. »Sie wollte mir sogar dabei helfen, die richtige zu finden. Aber sie war für mich die Frau meines Lebens. Mein Lebensinhalt.« Carlos hielt Sarahs Hand fest und sah sie an. Tränen rannen ihm über die

Wangen. »Mir war es wichtig, dass Blanca dich kennenlernt. Und dass du weißt, wer Blanca ist.«

»Es war sicher eine schwere Zeit für dich«, entgegnete Sarah.

»Ich weiß, dass du etwas Schreckliches erlebt haben musst in einer deiner vorherigen Beziehungen. Aber glaube mir, nichts ist schrecklicher, als wenn die Person, die du liebst …« Carlos atmete tief durch, bevor er fortfuhr: »… wenn die Person, die du liebst, in deinen Armen stirbt.«

»Wenn ich mir deine Geschichte so anhöre, ist meine wirklich harmlos.«

»Erzähl mir deine Geschichte«, sagte Carlos. »Ich will sie hören. Setzen wir uns hier hin. Was meinst du?« Er deutete auf eine Bank, die in der Nähe stand.

Sarah nickte und setzte sich auf das verwitterte Holz.

»Sascha, mein Ex-Freund«, begann sie. »Wir waren drei Jahre ein Paar. Durch einen Zufall bin ich seinem Doppelleben auf die Schliche gekommen. Als Außendienstmitarbeiter gehörte das Reisen zu seinem Alltag. In dieser Woche, in der alles herauskam, erzählte er mir, dass er für ein paar Tage in London sei. Meine

Freundin rief mich an und sagte mir, sie habe Sascha mit einer Frau in Berlin gesehen, in einem Restaurant nur ein paar Straßen entfernt von unserer gemeinsamen Wohnung. Sie sendete mir ein Foto. Im ersten Moment war ich total geschockt. Ich war wie ferngesteuert, als ich zu diesem Restaurant lief. Als ich dort ankam, sah ich ihn bereits durch die Glasfront, mit einer dunkelhaarigen Schönheit. Und ich bin dort hineingerannt in Jogginghose und Hausschuhen.« Sarah fing an zu lachen. »Die Kellner haben mich angesehen, als käme ich aus einer anderen Welt. Das war eines der teuersten Restaurants der Stadt.«

»Ich finde dich in jedem Aufzug sexy«, sagte Carlos und lachte. »*Vale,* wie ging es weiter?«

»Als Erstes habe ich ihn angeschrien, was er sich überhaupt einbildet, mit mir so eine Nummer abzuziehen. Als Zweites habe ich ihm seinen Wein ins Gesicht geschüttet. Er ist einfach aufgestanden und hat mich dort wortlos stehen lassen. Seine Begleitung – sie hieß Susanne – bekam große Augen. Wir tauschten unsere Telefonnummern aus. Seine Koffer hatte ich in dreißig Minuten gepackt, und sie standen abholbereit vor der Tür. Susanne schickte mir ein Foto von seinen Habseligkeiten, die auf der

Straße, in der sie zusammenwohnten, überall verstreut lagen. Sie hat alles direkt aus dem fünften Stock geworfen. Gemeinsam haben wir am nächsten Tag recherchiert – in Zeiten wie diesen über soziale Medien ist das ja kein Problem – und fanden noch zwei Damen, mit denen dieser Mistkerl ebenfalls eine *Beziehung* führte. Ich dachte, du wärst auch so einer. Entschuldige.« Sie schaute in seine braunen Augen, um die sich Lachfältchen gebildet hatten. »Aber das bist du nicht.« Sie lehnte sich gegen ihn, er legte ihr seinen Arm um die Schultern und zog sie an sich.

# 44

Es waren fast sechs Monate vergangen, seit er seinen Vater das letzte Mal gesehen hatte. Heute war es so weit. Mateos Arzt hatte dem Besuch zugestimmt. Es sollte Teil seiner Therapie sein.

Mateo saß auf der Rückbank des kleinen Krankenhaus-Vans, neben ihm ein Pfleger.

Er sah das Gefängnis, das einsam am Meer lag, bereits aus der Ferne. Die Wellen rauschten gegen die Klippen. Hier wäre ein Paradies für Surfer. Um das Gefängnis herum machte er eine meterhohe Betonmauer aus, mit einem Geflecht aus Stacheldraht obendrauf.

Mateo schwieg die ganze Fahrt über. Gedanklich war er bei der einen Frage – die Frage, die er seinem Vater schon lange stellen wollte.

Heute war der Tag gekommen, an dem er eine Antwort erhalten würde.

Die Zeiten der Kopfschmerzen und des Schwindels waren vorbei. Seit er im psychiatrischen Krankenhaus wohnte, waren auch die Stimmen verstummt. Sie sagten ihm nicht mehr, was zu tun war. Dass er sie alle töten müsse. Die Gespräche mit seinem Therapeuten halfen ihm zu verstehen, was sein Vater für ein Mensch war. Er wusste, dass er regelmäßig seine Medikamente nehmen musste, um die Kobra im Zaum zu halten. Der Psychiater in der Anstalt hatte ihn auf diese Idee gebracht: seinem zweiten Ich ein Aussehen zu geben. Mateo wählte die Kobra, da sie blitzschnell zum Angriff überging und nur den Tod hinterließ.

Heute hatte er sich seine Sonntagskleidung ausgesucht: eine schwarze Hose, ein dunkelblaues Hemd und die auf Hochglanz polierten schwarzen Schuhe. Für den Besuch bei seinem Vater, an diesem besonderen Tag, wollte er schick aussehen.

Mateo wurde in einen abgesonderten Raum geführt. Vier Stühle standen um einen Tisch herum. Mateo setzte sich auf einen, sein Pfleger blieb draußen vor der Tür stehen.

Der Moment war gekommen. Ein Wächter führte seinen Vater in Hand- und Fußfesseln in den Raum und ließ ihn auf dem gegenüberliegenden Stuhl Platz nehmen.

Franco Álvaro grinste hämisch, als er seinen Sohn ansah, und sprach: »Was hast du denn heute noch vor? Gehst du auf eine Hochzeit?«

»Heute ist ein besonderer Tag, findest du nicht?«, entgegnete Mateo. »Hast du ein Zimmer mit Meerblick bekommen?«

»Was redest du für einen Müll?«

»Sag schon! Hast du ein Zimmer mit Meerblick?« Mateo schaute seinem Vater direkt in die Augen.

»Ich kann nicht aus dem Fenster hinaussehen. Es ist zu hoch. Was willst du hier?«

»*Padre,* warum hast du die ganze Schuld auf dich genommen?«, flüsterte Mateo. »Wieso hast du das getan?«

Franco Álvaro senkte den Blick. »Weil ich dich liebe«, sagte er so leise, dass Mateo ihn kaum verstehen konnte. »Du bist mein einziger Sohn. Du bist doch der Herr im Haus.«

»Du hast mir geholfen, nicht wahr? Du hast sie alle weggebracht, um mich zu schützen. Das Mädchen und ihr Kind ... Mutter ... Valeria und ihr Baby. Hast du die Stoffpuppe in die Holzkiste gelegt, oder war ich das? Ich kann mich nicht erinnern.«

»Du warst es.«

»Das mit Mama, das wolltest du so. Ich höre heute noch ihre Schreie, als sie die Auffahrt hinunterstürzte und ihre Hände nach mir ausstreckte. Sie wollte uns verlassen, und das konnte ich nicht zulassen. Du kamst zu spät. Sie war schon tot. Warum hast du nicht gesagt, wie es wirklich war?«

»Mein Sohn. Ich weiß das. Aber die Polizei hätte mir ohnehin nie geglaubt, dass du sie die Auffahrt hinuntergestoßen hast. Ich musste sie wegschaffen in die Berge und es so inszenieren, dass es nach einem Unfall aussah. Es ist gut so, wie es ist. Auch ich habe Fehler gemacht. Ich habe dir beigebracht, dass Frauen nichts wert sind. Ich allein trage an alldem die Schuld. Und auf diesem Weg wollte ich das wiedergutmachen.«

»Vater, es tut mir leid, dass ich dir keinen Enkelsohn geschenkt habe. Aber ... ich kann dich doch trotz allem jederzeit hier besuchen, oder? Wenn du willst. Wir könnten neu anfangen.«

»Natürlich, ich werde immer an deiner Seite sein.« Franco schaute Mateo in die Augen. Er beugte sich über den Tisch, kam ganz dicht an ihn heran. »Und du kannst dich jetzt an alles erinnern, was du getan hast?«

»In meinen Therapiesitzungen wird ein Hypnoseverfahren für die Verarbeitung des Geschehenen genutzt. Und so kam alles an die

213

Oberfläche. All die Erinnerungen. All das Blut. Aber ich habe niemandem davon erzählt.«

Der Pfleger kam herein und legte eine Hand auf Mateos Schulter. Das war das Zeichen, dass er sich verabschieden musste.

Tränen schossen in Mateos Augen, als er aufstand. Es pochte in seinem Schädel. Aber diesmal waren es nicht die Kopfschmerzen, die einsetzten. Mateo breitete seine Arme aus und ging auf Franco zu. Verschwommen nahm er das Lächeln in Vaters Gesicht wahr, als er ihn in seine Arme schloss.

Mateo spürte das warme Blut, das pulsierend aus Vaters Hals spritzte.

Ruckartig zog ihn der Pfleger von seinem Vater weg, der am Boden zusammenbrach. Binnen Sekunden war das Linoleum voller Blut.

Mateo stand gelassen da und schaute auf seine roten Hände. Er richtete den Blick auf seinen Vater, der sich röchelnd zusammenkrümmte, und sagte: »Ja, Vater, ich bin der Herr im Haus.«

Es dauerte keine Minute, da war der Raum gefüllt mit Polizisten und einem Arzt, der nur noch Franco Juan Álvaros Tod feststellen konnte.

Einer der Polizisten durchsuchte Mateo nach

der Waffe. Vor Monaten schon hatte Mateo begonnen, an einem kleinen, ovalen Stein zu feilen, um ihn mit einer Spitze zu versehen. Mit der Zeit war daraus eine millimeterdünne, fingerlange Klinge geworden, die in ihrer Schärfe einem Rasiermesser gleichkam.

Heute, bevor er sein Hemd angezogen hatte, hatte er den Stein an seinem Handgelenk festgebunden. Mateo wusste, dass nur seine Taschen von dem Pflegepersonal untersucht werden würden.

Die Kobra lachte, während die Polizisten Mateo mit dem Gesicht gegen die Wand drückten und ihm Handschellen anlegten.

# Epilog

Heute wurde Katharina aus dem Krankenhaus entlassen. In den Armen hielt sie einen kleinen Jungen, der friedlich schlief.

»Auch wenn ich deine Entscheidung nicht verstehen kann, Katharina«, sagte ihr Vater, der den beiden die Autotür aufhielt. »Wir akzeptieren sie, und wir helfen dir, wo wie nur können.«

»Mateo braucht Liebe und Zuneigung.« Kathi blickte auf das schlummernde Baby. »Genauso wie sein Vater dies gebraucht hätte.«

**-ENDE-**

Lieber Leser, liebe Leserin.

Herzlichen Dank für den Kauf dieses Thrillers.

So wie in jedem meiner bisher erschienenen Büchern bedanke ich mich bei allen Mitwirkenden, die dieses Buch, so wie Sie es jetzt in Ihren Händen halten, überhaupt erst möglich gemacht haben:

An erster Stelle kommt mein Lieblingsmensch, mit dem ich am liebsten Brainstorming betreibe. Nachmittags auf unserer Terrasse kommen uns einfach die besten Ideen. Danke für deine Unterstützung.
*Te quiero mucho.*

An zweiter Stelle steht natürlich Sascha, mein absoluter Lieblingslektor. Seine Aufgabe ist vermutlich die schwerste von allen. Manchmal muss er mich dazu bringen, gewisse Szenen nochmals zu überdenken. Was gar nicht so einfach ist, da ich doch an jedem meiner Worte sehr hänge. Danke für deine Geduld mit mir.
*Muchas gracias a ti, mi niño.*

An dritter Stelle, aber nicht weniger wichtig, kommen meine Testleserinnen Julia, Corinne, Daggi, Birgit, Bianca, Jenny, Anja und Verena,

die sich die Mühe machten, jeden kleinen Fehler im Manuskript herauszufiltern und mir mitzuteilen. Auch in unserer gemeinsamen Gruppe konnte ich alles mit euch diskutieren. Ich finde euch klasse.
*Sois las mejores.*

Natürlich ist auch meine Coverdesignerin nicht zu vergessen. Es ist ein wundervolles Cover geworden. Herzlichen Dank dafür. Du hast tolle Arbeit geleistet.

Und auch an Sie, liebe Leserin, lieber Leser, ein Dankeschön. Ich hoffe, es hat Ihnen Spaß gemacht und ich durfte Sie ein paar Stunden mit meinen spannenden Storys unterhalten.

Abonnieren Sie auch meinen Newsletter unter www.dreasummer.com. Ich freue mich auf ein Feedback von Ihnen.

Ihre
Drea Summer

# Werbung:

## Tu, was ich dir sage

### Gran-Canaria-Thriller Band 2

Als ein Toter auf dem Parkplatz des Zoos Palmitos Park auf Gran Canaria gefunden wird, ist es vorbei mit der ungetrübten Urlaubsidylle. Die Polizei kommt zu der Erkenntnis, dass es sich um einen Selbstmord handelt. Der Tote galt bereits sieben Jahre als vermisst. Warum taucht er ausgerechnet jetzt auf? Und wo war er die ganze Zeit?

Tage später verschwindet der deutsche Urlauber Leo spurlos aus einer Diskothek in Playa del Inglés. Inspektor Carlos Muñoz Díaz ermittelt, doch bald entwickelt sich der Fall für ihn zu einer persönlichen Tragödie. Stück für Stück offenbart sich ein Abgrund unmenschlicher Abscheulichkeit.

# Du bist mein Besitz

## Gran-Canaria Thriller Band 3

In einer Gasse in Playa del Inglés stirbt Svens Ex-Freundin Dörte in seinen Armen an einer Stichverletzung. Sven flieht Hals über Kopf, da er befürchtet, man könne ihm aufgrund seiner düsteren Vergangenheit die Schuld an Dörtes Tod geben. Die Prostituierte Aurelia, die in einem Bordell gegen ihren Willen festgehalten wird, vermisst ihre Freundin Malia, die seit Tagen verschwunden ist. Sie begibt sich auf eine gefährliche Suche.

Kurz darauf tauchen zwei weitere Leichen auf. Handelt es sich dabei um die Verbrechen eines Serientäters? Hat Sven doch etwas damit zu tun? Und wo hält er sich versteckt?

Inspektor Carlos Muñoz Díaz ermittelt bereits in seinem dritten Fall mit seinem Kollegen Cristiano und seiner Verlobten Sarah.

# Dein Tod ist mein Freund

## Einzelband

– Der Tod ist mein Freund.
Ich brauche ihn, um zu überleben. –

Helga und Frank Körner erfüllen sich endlich den langersehnten Wunsch vom eigenen Haus und ziehen von Deutschland in die Steiermark. Allerdings wirft das Schicksal bereits am Abend ihrer Ankunft erste schwarze Schatten. Das Gefühl, beobachtet zu werden, ist nur der Anfang eines seelischen Martyriums. Helga werden mysteriöse Botschaften zugespielt, und die Nachbarn meiden das Ehepaar wie Aussätzige. Nach und nach zieht das Grauen in ihren Alltag ein, sie fühlen sich ihres Lebens nicht mehr sicher. Alle Spuren führen zu dem Haus am Waldrand, in dem vor fünfzehn Jahren ein schreckliches Verbrechen verübt wurde.

Doch niemand glaubt ihnen, bis es zu spät ist ...

# ABgehackt

## Team Gran Canaria Band 1

Ein brutaler Serienmörder sucht die Urlaubsinsel Gran Canaria heim. Binnen kürzester Zeit werden die Leichen eines Obdachlosen und einer Fitnesstrainerin aufgefunden. Beide sind auf furchtbare Art und Weise verstümmelt worden. Die Ermittler der Polizei stehen vor einem Rätsel. Gibt es eine Verbindung zwischen den Opfern? Wo wird der Täter als Nächstes zuschlagen?

Unterdessen werden Sven und Jenny, seit Kurzem als Privatdetektive tätig, von einem nahen Verwandten eines der Opfer beauftragt, ebenfalls nach dem Mörder zu suchen. Doch je tiefer sie graben, umso mehr bringen sich die beiden selbst in tödliche Gefahr.

# ANgefasst

## Team Gran Canaria Band 2

### Deine Kinder sind niemals sicher!

Und dann hörte sie die Musik aus dem Mobile über dem Gitterbett, die wie von Geisterhand zu spielen begann. Und das Lied spielte für Melodia, die nur durch ihre Schuld nie wieder lachen konnte.

Lady, der Hund von Urs Gautier, wurde entführt, und der Schweizer beauftragt die Privatdetektive Jenny und Sven, das Tier zu finden. Doch schon einige Tage später werden Gautiers Frau und seine kleine Tochter von einem Spielplatz gekidnappt. Jenny versucht, die beiden zu retten, wird dabei niedergeschlagen und ebenfalls verschleppt. Während Inspektor Carlos Muñoz Díaz eine großangelegte Suchaktion startet, ermittelt Sven auf eigene Faust. Doch schon bald präsentiert sich alles in einem anderen Licht und lässt Sven zweifeln, seine Jenny jemals lebend wiederzusehen. Stück für Stück setzen sich die Puzzleteile zu einem Bild zusammen, das grausamer kaum sein könnte.

# ANvisiert

## Team Gran Canaria Band 3

- Ein Gong ertönte, wie bei einem Boxkampf. War das Spiel dieses Psychos vorbei? Doch was würde nun passieren? –

Nachdem auf Gran Canaria zwei Jugendliche tot aus dem Meer geborgen wurden, engagiert eine besorgte Mutter die Privatermittler Sven und Jenny, um ihren Sohn zu observieren. Die Spur führt sie zu einer Clique, in die man nur nach lebensgefährlichen Mutproben aufgenommen wird. Doch dann verschwindet erneut ein Jugendlicher, und kurz darauf ein weiterer. Die Polizei vermutet dahinter einen geisteskranken Entführer. Doch das ist nur die halbe Wahrheit. Auf der anderen Seite verbirgt sich ein uraltes, grausames Ritual, dessen Wurzeln Jahrzehnte in die Vergangenheit reichen. Letztendlich gerät Sven selbst ins Visier des Psychopathen. Wird er dem tödlichen Spiel entkommen?